Benjamin BARATIER

Les Millions de l'Espionne

LA BELLE SARAH

TOME SECOND

20 CENTIMES

Algérie, Colonies et Étranger : 25 Cent. (Port en plus)

Collect. A.-L. GUYOT, 6-8, rue Duguay-Trouin, Paris

LES MILLIONS DE L'ESPIONNE

ANTONIN BARATIER

LES MILLIONS DE L'ESPIONNE

TOME DEUXIÈME

PARIS
Collection A.-L. GUYOT
6 et 8, rue Duguay-Trouin, 6 et 8

ANTONIN BARATIER

Même Collection

Le Trésor de Barbiche........... 3 vol.
La Recluse de Saint-Phal........ 5 —
La Hache Sanglante............. 3 —
Le Forçat 213 .... 5 —
Le Bâtard de Kervan............ 6 —

LES MILLIONS DE L'ESPIONNE

PREMIÈRE PARTIE

La Belle Sarah

(Suite)

IV

LE CORRIDOR SECRET (*suite*)

Toute la domesticité du comte se trouvant à Nice, les magistrats ne purent recueillir aucun renseignement ; les rares voisins ne savaient rien de ce qui avait pu se passer dans la soirée ; nul bruit n'avait été entendu, aucun cri, aucun appel n'étaient arrivés jusqu'à eux, et si la police ne s'était pas montrée avec un déploiement de force inaccoutumée dans cette rue tranquille et silencieuse, nul ne se serait douté du drame terrible qui venait de s'y dérouler.

Le cocher du comte avait été appelé dès l'arrivée du procureur impérial, et ce fut avec une stupéfaction profonde qu'il apprit ce qui s'était passé à l'hôtel

La veille, à deux heures, il avait conduit la comtesse d'Etiolles au ministère de la guerre, et là, il avait vu son maître en parfaite santé, visage souriant et l'aspect dégagé.

Il avait reconduit sa femme jusqu'à sa voiture et était rentré au ministère.

Le comte, qui allait toujours à pied, ne lui avait donné aucun ordre ; il devait partir dans quelques jours pour Hautmont, et il n'avait fait part, ni a lui ni à son valet de pied, de ce qu'il ferait jusqu'à son départ.

Depuis que la comtesse était à Nice, le comte déjeunait au Café Anglais, soit seul, soit avec quelques amis ; le soir, il dînait quelquefois en ville et il rentrait de bonne heure ; quand il n'allait pas dans le monde, il se contentait d'une tasse de lait et se mettait au lit vers les neuf heures.

C'était le valet de pied qui, en l'abscence de toute domesticité, apportait ce lait le soir, vers six heures. Il le servait dans la salle à manger et il ne revenait que le lendemain matin, après le départ du comte.

Le valet de pied et le comte avaient seuls les clefs de la petite porte d'entrée, la porte cochère se fermant en dedans, et sa clef massive se trouvait à l'office.

Cette porte ne s'ouvrait d'ailleurs que très rarément ; la voiture se rangeait presque toujours le long du trottoir quand le comte ou la comtesse rentrait ou sortait.

Le comte d'Etiolles n'avait reçu personne à l'hôtel depuis le départ de la comtesse pour la Côte-d'Azur, c'était d'ailleurs sa coutume,

Lorsqu'il était seul à Paris, c'était au Ministère ou à son cercle de la rue Royale qu'on était sûr de le rencontrer.

Quant à la comtesse, le cocher l'avait conduite, en sortant du Ministère, au Bois, en remontant l'avenue des Champs-Elysées ; puis, à cinq heures, elle était à la gare de Lyon où elle devait prendre l'express qui partait à la demie pour la Côte-d'Azur.

La comtesse avait rencontré au Bois le baron de Lignolles qui était monté dans sa voiture pendant quelques instants et qui en était descendu au coin de l'avenue de l'Impératrice.

La comtesse n'avait pessé, par conséquent, que quelques heures à Paris.

Interrogé à son tour, le valet de pied fournit des renseignements à peu près identiques. Seulement, il ajouta que le comte lui avait paru sombre depuis quelques jours. Contrairement à ses habitudes, il avait écrit de nombreuses lettres le soir avant de se coucher, et le valet les mettait le lendemain à la poste.

Ces lettres avaient été adressées à des personnes en relation avec son maître et ne contenaient que quelques lignes... c'était, pour la plupart, des lettres d'excuses pour des invitations.

Le comte n'avait reçu qu'une lettre... elle était de Mlle Odette et était arrivée le matin même, il l'avait immédiatement brûlée, ainsi qu'il faisait d'ailleurs de presque toutes les lettres qu'il recevait.

Quand à la comtesse, on était allé la chercher à la gare de Lyon l'avant-veille à huit heures ; elle avait passé la matinée avec son mari, avait déjeuné à l'hôtel, et après s'être fait conduire dans la journée au ministère de la Guerre, elle avait été au Bois et enfin à la gare de Lyon.

Le valet de pied n'avait appris l'assassinat de son maître qu'en arrivant à l'hôtel, vers les neuf heures, moment où il venait prendre son service quand la comtesse était en voyage.

Pendant toute la matinée, les magistrats interrogèrent tous ceux qui, à un titre quelconque, auraient pu donner un renseignement, si minime fut-il, à la justice.

Hélas..... toutes ces recherches furent négatives..... aucune révélation ne vint apporter un rayon de lumière sur cette ténébreuse affaire.

Plus les magistrats s'enfonçaient dans leur enquête, plus leur manière de voir s'accentuait.

Seul, le vol avait été le mobile du crime, et c'était un être connaissant les habitudes du comte d'Etiolles qui avait été son assassin

Et, en attendant l'arrivée de Sarah qui, seule, pourrait donner des renseignements précis sur les sommes volées, les magistrats apposaient les scellés sur toutes les chambres de l'appartement.

Les constatations une fois terminées, le cadavre fut enseveli.

Dans une pièce du rez-de-chaussée, on dressa à la hâte une chapelle ardente, un catafalque y fut monté et deux agents du service de la Sûreté prirent place en permanence à côté de ce cercueil, essayant de surprendre un tressaillement quelconque sur les visages de ceux qui viendraient saluer la dépouille mortelle du malheureux gentilhomme.

Deux jours se passèrent.

Nulle lumière n'apparut, nulle piste ne put être relevée.

Et pourtant, le crime était là, évident, formel, palpable !

La rumeur publique commençait à gronder ; les quolibets assaillaient la Préfecture avec leurs sarcasmes habituels, et malgré le zèle qu'elle déployait, le mystère restait impénétrable.

Les magistrats instructeurs attendaient avec impatience l'arrivée de Sarah, et c'était sur elle qu'ils comptaient pour apporter un lueur dans ces ténèbres.

Le matin du troisième jour, la comtesse arriva rue de Varennes.

Le rez-de-chaussée, malgré l'heure presque matinale, était encombré d'une foule de gens connus ou inconnus qui avaient tenu à inscrire leur nom sur le registre déposé dans une pièce voisine, après avoir jeté l'eau bénite sur le cercueil qui disparaissait sous un véritable monticule de couronnes, de bouquets et de gerbes de fleurs.

Pâle, les yeux cerclés de bistre, le visage inondé de larmes, la comtesse Sarah se précipita dans cette chambre et vint tomber à genoux devant le cercueil.

Et là, haletante, elle éclata en sanglots.

Muets devant cette douleur, les assistants se retirèrent discrètement... et sans témoins, la veuve du comte d'Etiolles put donner libre cours à sa poignante douleur.

Tout à coup, elle tressaillit.

Une main venait de se poser sur son épaule.

La comtesse se retourna.

Deux hommes étaient debout devant elle.

— Pardonnez-nous, madame, de troubler votre douleur, dit l'un d'eux en s'inclinant profondément; mais la justice a des devoirs à remplir et elle est obligée de les remplir jusqu'au bout... malgré les déchirements qu'elle peut provoquer.

La comtesse se releva.

— Qui êtes-vous, messieurs ?

— Je suis le procureur impérial, madame, et j'ai l'honneur de vous présenter Maître Bouvery, juge d'instruction attaché au Parquet.

La comtesse porta à ses yeux le mouchoir de batiste qu'elle tenait à la main, et d'une voix angoissée par les larmes, elle dit simplement :

— Je suis à vos ordres, messieurs... et si je ne me suis pas immédiatement rendue au Palais à mon arrivée à Paris, c'est qu'ici j'avais un pieux devoir à remplir.

— Je comprends trop le noble sentiment qui vous a guidé, madame, pour me permettre d'ajouter un mot. Toutefois, les obsèques de votre regretté époux devant avoir lieu demain, et pour vous éviter plus longtemps le pénible et douloureux spectacle d'un cercueil si tragiquement ouvert, le parquet a décidé qu'il serait nécessaire de vous entendre. Des renseignements précieux nous manquent, et c'est sur vous seule, madame, que la justice a compté pour éclairer le sombre mystère qui nous entoure.

Debout devant le catafalque, la comtesse avait tenu son regard fixé sur celui du procureur impérial.

— Hélas, messieurs, dit-elle d'une voix entrecoupée par les larmes, je ne puis vous apporter aucun éclaircissement. J'ignore tout et ce sont les journaux seuls qui m'ont renseignée sur ce crime odieux.

— Madame, je comprends la torture que vous éprouvez, mais veuillez surmonter votre accablement... daignez nous accorder un moment d'entretien et nous vous laisserons toute entière à votre douleur.

— Je suis à vos ordres. messieurs... et si vous voulez me suivre...

Cinq minutes après, la comtesse d'Etiolles était assise dans le petit salon bleu qui précédait la chambre où le comte avait trouvé la mort.

Devant elle, se trouvait le procureur impérial, le juge d'instruction et son greffier.

— Madame la comtesse, dit le juge en faisant signe à son greffier d'écrire, depuis quelle époque avez-vous épousé le comte Sigismond d'Etiolles ?

— Depuis douze ans, monsieur.

— Le comte était de beaucoup plus âgé que vous, madame, sa fortune était considérable, et une certaine disproportion d'âge, d'origine et de fortune a suscité quelques récriminations, de la part des amis de votre époux, lors de votre mariage. Vous devez vous souvenir de ces faits, sans doute?

Un éclair à peine perceptible, brilla dans le regard de Sarah, et c'est d'une voix sèche et brève qu'elle répondit :

— Effectivement, monsieur... Le comte avait trente ans de plus que moi, lors de mon mariage, j'avais vingt-sept ans, j'en ai trente-neuf à présent; quant à ma fortune, bien qu'elle ne fut pas bien considérable ni en rapport avec celle de mon mari, elle était suffisante pour me permettre de vivre à l'aise, même en restant célibataire... mon père était un simple paysan, c'est vrai, et je ne rougis pas de mon origine; mon passé était sans reproche, et malgré les allusions blessantes à mon égard qui ont été faites au comte, malgré les calomnies qui ont couru sur mon compte, mon mari n'a pas hésité un seul instant à me donner son nom.

— Le comte, en se mariant, vous a reconnu une dot de cinq cent mille francs... n'est-ce pas?

— Oui, monsieur...

— Ces cinq cent mille francs vous les avez touchés...

— Le lendemain du contrat, et c'est à mon notaire que je les ai confiés.

— A quelle somme se montait votre avoir personnel avant votre mariage?

— A deux cent mille francs, sans compter mes bijoux qui valaient une soixantaine de mille francs !

— Vous apparteniez au monde du théâtre quand le comte vous a connue ?

— Oui, monsieur... et ma réputation était intacte.

— Madame, permettez-moi de revenir sur un passé peut-être pénible, mais la rumeur publique prétend au contraire, que vos mœurs étaient quelque peu légères.

— C'est une calomnie, messieurs, une pure calomnie que la famille du comte avait inventée contre moi pour le détourner de son amour.

— Néanmoins, madame, il y a vingt ans, vous avez été la maîtresse d'un fils d'une haute famille éteinte aujourd'hui.

— C'est faux, messieurs.

— Vous auriez eu même, toujours d'après les renseignements que nous possédons, un enfant de cet amant, enfant qui a disparu d'une façon étrange?

La comtesse Sarah devint pâle.... ses lèvres se plissèrent légèrement et elle se leva brusquement.

— C'est toujours la même calomnie, messieurs, s'écria-t-elle avec un accent déchirant. Et je mets au défi qui que ce soit de prouver une telle monstruosité. Parce que j'ai été femme de théâtre, parce que, dès l'âge de dix-huit ans j'ai été orpheline et obligée de gagner mon pain, parce que, au lieu de tomber comme tant d'autres, j'ai pu, à force de travail, d'énergie et de privations, arriver à me faire un nom sur les planches et mettre ma vieillesse à l'abri de la misère, on invente les pires faussetés, on m'abreuve d'outrages et de calomnies et on me traite de vile prostituée ! Il y a douze ans, messieurs, que j'entends ces cancans et commérages, dignes des portières, et à présent que le comte n'est plus là, je dois m'attendre à voir surgir de partout de nouvelles infamies.

Et Sarah se laissa tomber lourdement sur sa chaise.

Les magistrats échangèrent un long regard.

— En dehors de la dot qu'il vous avait reconnue, reprit le juge, le comte vous a-t-il avantagée après sa mort, madame ?

— Je ne sais, monsieur... mariée sous le régime dotal, j'ignore même si mon mari a fait un testament...

— En ce cas, c'est sa fille seule qui hériterait ?

— C'est probable, monsieur... et il est tout naturel qu'Odette d'Etiolles rentre dans l'héritage de son père, comme elle jouit déjà de celui de sa mère.

— Quel est le notaire du comte, madame ?

— Maître Henry Laloue, avenue Trudaine.

— Je ferai donc prévenir Me Laloue, dès aujourd'hui.

— C'est ce que j'allais vous prier de faire, monsieur.

— A combien estimez-vous la fortune de votre mari, madame la comtesse ?

— A plus de trois millions, monsieur.

— Lui appartenant personnellement ?

— Personnellement... la fortune qui revenait à Odette, de sa mère, a été déposée chez Me Laloue, et elle l'y trouvera avec les revenus à sa majorité ou à son émancipation... Dans les trois millions du comte, n'est pas compris l'hôtel de la rue de Varennes ; quant aux terres et au château d'Hautmont, ils sont la propriété d'Odette d'Etiolles.

— Le comte conservait-il de l'argent chez lui ?

— Oui et non... mais mon mari jouait à la Bourse ; grâce à sa situation privilégiée, il était au courant de ce qui se passait dans la haute finance et il lui arrivait très fréquemment de se livrer à des opérations de Bourse ; parfois, il avait dans son coffre-fort des sommes considérables, parfois, au contraire, quand ses prévisions ne s'étaient pas réalisées, son coffre ne contenait que des sommes relativement peu importantes.

— Dans ces derniers temps, le comte avait-il joué ?

— Je l'ignore.... depuis la fin de novembre, j'étais à Nice, et d'habitude mon mari ne me tenait pas au courant de ce qu'il faisait.

— Ainsi, le comte pouvait parfois avoir dans son coffre-fort cinq ou six cent mille francs, davantage, même?

— C'est parfaitement possible.

— Les titres qu'il possédait chez lui étaient-ils nominatifs ou au porteur ?

— J'ai vu souvent des liasses de titres dans le bureau de mon mari, il y en avait de nominatifs et d'autres au porteur.

— Le comte jouait aux courses?

— Enormément... moi également.

— Gagnait-il de grosses sommes ?

— Il en gagnait et en perdait.

— Et vous, madame la comtesse ?

— J'avais beaucoup plus de chances que lui, grâce aux tuyaux que je possédais.

— Comment cela ?

— Dans le monde, je passais pour une joueuse effrénée, c'était la vérité d'ailleurs, et nombreux étaient ceux ou celles qui tâchaient d'avoir des renseignements certains pour me les apporter en échange de ceux que je pouvais également leur communiquer.

— Vous êtes une habituée du turf depuis longtemps?

— Presque depuis mes débuts au théâtre..... c'est aux courses que j'ai gagné mes premiers mille francs et non ailleurs, messieurs!

— Les frais de maison étaient réglés par vous ou par le comte?

— C'est mon mari seul qui réglait toutes les notes des fournisseurs et les miennes.

Il se fit un silence.

Le procureur impérial échangea un nouveau regard avec le juge d'instruction, tandis que, impassible, Sarah tenait ses yeux fixés sur eux.

— Le comte d'Etiolles avait-il des ennemis, madame ?

— Le comte, depuis plus de trente ans, était au ministère, il avait rendu, dans sa longue carrière, des services à tout le monde, et sa situation exceptionnelle auprès du ministre, quel qu'il soit d'ailleurs, loin de lui susciter des envieux, n'avait fait que créer autour de lui des amitiés sûres et des affections profondes.

— Le comte a été assassiné, pourtant, madame la comtesse, et son assassin est encore libre !

— Croyez-vous donc, monsieur le juge, que je n'ai pas hâte comme vous de le voir démasquer? Depuis trois jours, un crime odieux a été commis, et qu'avez-vous fait jusqu'ici? Rien...

— Patience, madame... l'assassin sera découvert... et plus tôt même que vous ne le pensez.

— Je le souhaite de tout mon cœur, messieurs ! Le cadavre de mon mari crie vengeance et c'est à vous d'écouter et d'entendre sa voix d'outre-tombe.

Il se fit un nouveau silence.

La comtesse Sarah s'était levée, et, à petits pas, elle parcourait le salon.

Encore une fois, les deux magistrats échangèrent des regards furtifs.

Me Bouvery se leva à son tour, et dit d'une voix douce :

— Si vous voulez pénétrer avec nous, madame, dans la chambre de votre mari, peut-être pourrez-vous nous renseigner au sujet des titres.

— Moi? Eh, messieurs, faites de moi ce que vous voudrez... c'est la vérité que vous cherchez, et plus que tout autre, je dois être votre auxiliaire !

— Entrez donc, madame !

La chambre du comte était telle que le lendemain du crime; les rideaux du lit étaient clos, le jour pénétrait librement dans la pièce et jetait une lumière crue sur tous les objets.

Devant le coffre-fort défoncé, se trouvaient toujours les billets de banque ensanglantés, le tapis était maculé de taches sinistres, et sur le bureau s'étalaient pêle-mêle des dossiers, des lettres, des chemises débordant de papiers...

En entrant dans la chambre, Sarah ne put retenir un léger cri.

Debout, devant la cheminée, deux hommes se tenaient immobiles.

C'étaient deux agents du service de la Sûreté

— Voici, madame, dit le juge, la chambre où votre mari a été assassiné dans la soirée même de votre départ pour la Côte-d'Azur...

La comtesse, légèrement pâle, s'approcha...

— J'ai quitté le comte à quatre heures, messieurs... dit-elle lentement ; j'avais été lui dire adieu au Ministère et lui-même est venu m'accompagner jusqu'à la voiture qui stationnait devant la porte.

— Vous étiez à Nice depuis la fin de novembre, je crois ?

— Oui, messieurs.... tous les ans, je passe l'hiver à Nice... deux ou trois fois, je viens à Paris pour y passer quelques heures au plus, et mardi, selon mon habitude, j'étais arrivée le matin, et le soir, je reprenais l'express de cinq heures vingt.

— Qu'étiez-vous venue faire à Paris, madame ?

— Des emplettes et respirer l'air du Bois... revoir un instant mon mari !

— Et c'est par ma lettre que vous avez appris seulement à Nice la mort du comte?

— C'est par elle, monsieur ! Arrivée à Nice, je suis rentrée à ma villa, la Villa des Roses ; ce voyage m'avait fatiguée, et, pendant deux jours, je suis restée presque complètement couchée.

— Et vos gens ne savaient rien du malheur qui frappait leur maître ?

— La villa que j'habite est un peu éloignée de Nice... mes gens, pas plus que moi, n'ont su ce qui se passait ici... et c'est votre lettre d'abord et les journaux ensuite qui m'ont appris cet horrible forfait.

— Vous savez donc, madame, que le comte a eu la gorge tranchée pendant son sommeil entre neuf et dix heures du soir et que le vol a été le mobile du crime?

— Je le sais, messieurs.

— D'ailleurs, voici le coffre-fort... ces billets de banque tachés de sang, ainsi que ces liasses de titres également maculés, n'ont pas été enlevés... ils auraient dénoncé le coupable. Mais il devait y avoir d'autre argent dans ce coffre, d'autres titres au porteur.... et, eux, l'assassin les a emportés après avoir lâchement perpétré son crime.

— Comment a-t-il pu entrer ici ? fit la comtesse après un moment de silence, le comte avait sa clef, et le valet de pied n'entrait dans cette pièce que le matin et le soir seulement pour les besoins du service.

— Comment l'assassin est-il entré ? Je ne sais... mais il est entré et voici son œuvre.

Et le juge, s'approchant vivement du lit, écarta brusquement les rideaux.

Sarah poussa un cri strident et recula instinctivement.

A ses yeux épouvantés, venait d'apparaître le cadavre sanglant et mutilé du comte d'Etiolles.

Le procureur impérial, les deux agents et le juge d'instruction avaient les yeux fixés sur la comtesse et, muets, ils comtemplaient cette cruelle confrontation.

Chancelante, Sarah vint s'abattre devant le lit...

Puis, avec un accent déchirant, elle prit la main du comte, y déposa ses lèvres et murmura, d'une voix entrecoupée de sanglots :

— Ami... ami... Si j'étais donc restée près de toi... pardon, pardonne-moi... pardonne-moi !

Et des larmes se mirent à couler lentement le long de ses joues.

Brusquement, la porte s'ouvrit et une jeune fille apparut sur le seuil.

A la vue du vieillard semblant reposer dans un profond sommeil, elle poussa un cri éperdu et se précipita sur le cadavre, étreignant entre ses bras ce visage recouvert d'une pâleur de cire, auréolé d'une longue barbe blanche, souillée, çà et là, de larges tâches rougeâtres.

— Mon père, mon pauvre père, murmura-t-elle d'une voix brisée, tu me laisses donc seule au monde !

Et ses lèvres se collèrent sur ce front glacé...

Le procureur s'approcha des deux femmes et essaya de les arracher à leur douleur.

— Madame..... mademoiselle..... ne restez pas davantage dans cette pièce..... Venez..... une telle émotion, si elle se prolongeait, pourrait vous être funeste.

Et, avec l'aide du juge, il entraîna la comtesse et Odette d'Etiolles dans le petit salon.

Là, maintenant, se trouvaient quelques amis intimes du comte qui causaient à voix basse.

— Messieurs, dit le procureur impérial, la scène déchirante qui vient de se passer a profondément ému la fille et la veuve de celui qui vous était si cher, veillez sur elles, c'est dans ces pénibles circonstances que doit se révéler l'amitié sincère !

Et ayant salué respectueusement, les deux magistrats se retirèrent discrètement, suivis du greffier et des deux agents de la Sûreté.

— Eh bien, mon cher Bouvery, dit le procureur quand il fut assis dans la voiture qui les reconduisait au Palais... vous voyez que votre espoir était mal fondé !

— Je l'avoue... je me suis trompé.

— Voyez-vous, mon cher ami, les apparences sont parfois trompeuses. Cette femme n'est certes pas digne de l'union qu'elle a contractée, mais que voulez-vous ? Sa beauté a fasciné le cœur et l'esprit du comte, et quand l'amour ravage une âme sénile, rien ne peut maîtriser sa fureur.

— Oui, mais...

— Depuis son mariage, qu'a-t-on à reprocher à la comtesse ? Rien. Vous venez d'avoir la preuve de ce que je vous avais dit.... Vous faites fausse route.

— C'est une ancienne comédienne, cher maître...

— Mon ami, on ne joue pas la comédie devant un cadavre... vous aviez magistralement organisé la mise en scène... vous aviez préparé un coup de théâtre superbe... et vous voyez, la comtesse a été sincère. Si elle avait été coupable, elle n'aurait pas supporté la vue de sa victime.

— Et si elle était seulement complice ?

— Ç'eut été la même chose ! D'ailleurs, vous avez reçu les confidences du notaire... sa part d'héritage dans la succession de son mari est à peu près insignifiante... donc, quel motif avait-elle de faire assassiner son mari ? Aucun ! L'adage est toujours le seul critérium de la justice « A qui le crime profite ? »... A elle ? non, donc elle est innocente.

Le juge ne répondit rien.

Il alluma un cigare et, s'enfonçant dans l'angle de la voiture, il s'absorba dans ses pensées.

Le lendemain, vers les onze heures du matin, une immense foule de personnages officiels, de mondains, de fonctionnaires, d'hommes politiques, de représentants de la noblesse et de la haute aristocratie se pressaient dans la rue de Varennes.

Une longue file de voitures stationnaient sur le

trottoir, envahissant les rues avoisinantes, et à chaque instant, de nouveaux arrivants ne pénétraient que difficilement sous le porche de l'hôtel transformé en chapelle ardente.

Un peu après onze heures, la foule s'écarta devant un corbillard somptueux, attelé de quatre chevaux tenus en main par des piqueurs.

La dépouille mortelle du comte Sigismond d'Etiolles fut hissée sur le char funèbre.

Lentement, le cortège se ferma, et bientôt la rue de Varennes reprit son calme et sa tranquillité habituels.

Deux hommes s'étaient attardés derrière les lourdes tentures noires qui formaient le fond de la chapelle ardente.

Ces deux hommes étaient vêtus en croque-mort.

— Eh bien, Bacularđ... tu n'as rien surpris de suspect? dit l'un d'eux à voix basse.

— Rien, rien! mon vieux Mirgodin!... Et toi?

— Du pareil au même... d'ailleurs, c'était mon avis.

— Filons, alors.

— C'est pas la peine de se presser, il y en là-bas pour deux heures! Mais, dis donc... vieux...

— Quoi?

— T'as pas vu Mordacq, par ici?

— Non... mais sois sans crainte... il était dans la foule. Pourquoi?

— Oh, pour rien. Qu'est-ce qu'on fait, après l'enterrement ?

— On rentre chez le patron.

— Filons, alors... mais nous ferons chou blanc.

— C'est mon avis.

Et tranquillement, les deux croque-morts quittèrent la chapelle ardente et regagnèrent les derniers rangs de la foule qui se pressait derrière le convoi funèbre.

A trois heures du soir, tout était terminé... Le comte reposait dans un somptueux caveau du Père-Lachaise et la comtesse Sarah rentrait à l'hôtel en compagnie de sa belle-fille, Odette d'Etiolles.

Les deux femmes se rendirent dans l'appartement de la comtesse et là, dans une effusion sincère, elles s'étreignirent.

— Du courage, ma chérie, fit Sarah en essuyant les larmes qui inondaient les joues de la jeune orpheline ; du courage.

— Hélas, madame, il faut en avoir pour survivre à cette mort atroce !

— Les desseins de la Providence sont impénétrables, ma pauvre enfant !

— Ils sont surtout cruels... A dix-huit ans, je reste orpheline, seule au monde après avoir perdu le plus tendre des pères.

— Ma chère petite, vous n'êtes pas la seule que

la destinée accable. Moi-même, j'ai été orpheline, dès mon jeune âge, Odette !

— Du moins, votre père n'est pas mort sous le poignard d'un assassin, madame.

— C'est vrai... mais sa mort n'en a pas été moins terrible... nos destinées ont été traversées par des morts tragiques, et cette similitude de douleurs doit rendre plus intense notre affection, ma chère fille !

Et Sarah déposa un baiser sur le front de l'orpheline.

— Et puis, continua-t-elle, ne suis-je pas votre seconde mère, Odette ? N'êtes-vous pas certaine de trouver dans mon cœur les trésors de tendresse dont vous avez tant besoin ? Un deuil cruel étreint nos âmes... le poignard qui a frappé le père frappe également l'épouse et, l'une comme l'autre, nous devons pleurer celui qui n'est plus et réunir nos esprits dans une commune pensée. Soyez ma fille, Odette, moi, je tâcherai d'être la mère que vous avez pleurée !

— Madame... madame... oh oui... remplacez ma mère... et je porterai sur vous tout entière la tendresse filiale que j'avais pour les deux êtres qui m'étaient si chers !

Et Odette, éclatant en sanglots, se jeta éperdument dans les bras de Sarah.

— Comptez sur moi, mon enfant... moi aussi,

j'aimais profondément celui qui n'est plus, et c'est sur sa fille que désormais je reporterai cette affection ! A nous deux, mues par le même sentiment, nous tâcherons que notre perte soit moins cruelle et que les chers disparus voient dans l'autre monde que celles qu'ils ont laissées ont conservé pieusement le culte du souvenir. Et la veuve et l'orpheline, dont les âmes étaient étreintes par la même douleur, restèrent longtemps enlacées.

Le lendemain, le notaire du comte d'Etiolles mettait Odette et Sarah au courant des dispositions testamentaires de celui qu'elles pleuraient.

Odette d'Etiolles héritait de toute la fortune de son père, Sarah conservait la jouissance de l'hôtel de la rue de Varennes ; sa vie durant, elle toucherait une pension annuelle de soixante mille francs, et, à sa mort, l'hôtel reviendrait à Odette qui en était déja la propriétaire effective.

Un certain nombre de legs étaient faits en faveur de vieux amis du comte et une somme de cinquante mille francs était mise à la disposition des habitants du village dont dépendait le château d'Hautmont, en Champagne.

Dans un codicille, le comte exigeait que l'on détruisit par le feu, sans même y jeter un regard, tous les papiers que se trouvaient renfermés dans un coffret d'argent placé sur la dernière tablette de son coffre-fort.

Le notaire devait être chargé seul de ce soin.

Ces dernières volontés, qui remontaient à plus d'un an déjà, désignaient comme exécuteur testamentaire un de ses amis d'enfance, le sénateur Falconnier et le chargeait en outre d'être le tuteur d'Odette.

— Maintenant, mesdames, fit Me Laloue, après avoir donné connaissance de cet acte, j'ai cru de mon devoir urgent de faire l'inventaire sommaire des valeurs que j'ai dans mon étude, ainsi que de celles qui se trouvaient rue de Varennes. D'après les derniers renseignements que je possède, en défalquant les billets de banque et les titres qui sont maculés de sang dans le coffre-fort, une somme de plus de trois cent mille francs aurait disparu... Cette disparition prouve que le vol seul aurait été le mobile du crime et, comme l'a fait justement remarquer le Procureur Impérial à qui j'ai transmis ce relevé, si les valeurs que l'on a retrouvées n'ont pas été volées, c'est parce que l'assassin avait peur de se compromettre en s'appropriant et en conservant en sa possession des billets couverts de sang et des titres difficilement négociables... Et, mademoiselle, malgré la douleur que peuvent vous causer mes paroles, il est heureux qu'il en ait été ainsi, car les billets et les titres au porteur, je ne parle pas des valeurs nominatives qui sont invendables, représentent une somme considérable qui reste de ce fait votre propriété.

— Eh, monsieur, s'écria Odette... j'aurais mieux aimé que l'on eût tout pris, volé, saccagé et que mon malheureux père soit encore vivant.

— Hélas, mademoiselle, la fatalité en avait décidé autrement... quant à ces billets et à ces titres, qui sont considérés comme des pièces à conviction, dès que le Parquet s'en dessaisira, je vous demanderai la permission, madame, ainsi qu'au tuteur de mademoiselle, de les conserver par devers moi... je ferai le nécessaire pour que les taches sanglantes qui les maculent disparaissent ; de plus, comme ces billets sont improductifs, toujours avec l'assentiment du conseil de famille, je les emploierai à un placement avantageux... Je n'ai pas besoin d'ajouter, mesdames, que je tiens à votre disposition toutes les sommes dont vous pourriez avoir besoin... j'agirai avec vous comme j'agissais avec mon regretté client et ami le comte d'Etiolles... quant aux papiers qui se trouvaient renfermés dans le coffret d'argent dont parle le testament, vous savez, madame, qu'ils ont disparu ainsi que le coffret, je n'ai donc pu exécuter les volontés de votre époux à ce sujet.

— Que pouvait donc contenir ce coffret, maître ? fit Sarah.

— Je l'ignore, madame.

— Le comte ne vous avait jamais laissé supposer ce dont il s'agissait ?

— Non, madame.... mais je suis certain que ces papiers avaient rapport à des affaires politiques secrètes dont le comte était l'unique dépositaire.

La comtesse et Odette d'Etiolles se retirèrent.

Rentrée à l'hôtel de la rue de Varennes, Odette ne put s'empêcher de laisser couler ses larmes.

Cet immense logis, où elle avait vécu les premières années de son enfance, était encore rempli du passé..... chaque pièce, chaque meuble, chaque objet lui rappelait des souvenirs... chaque portrait de famille accroché aux murs du salon et des chambres, lui rappelait ses jeunes ans, sa joie, son bonheur.

Et maintenant, c'était le deuil qui s'étalait partout... c'était la mort qui avait étendu ses mains sinistres sur tout ce qui lui avait été si cher !

Et ce fut en sanglotant qu'elle demanda à Sarah la permission de quitter cette sombre demeure.

— Me quitter, mon enfant !

— Oui, madame... laissez-moi retourner à Hautmont... pendant quelque temps, du moins... car ici, seule, il me serait impossible de vivre.

— Après cet horrible drame, vous me laisseriez seule, mon enfant ?

— Pardonnez-moi, madame... pardonnez à ce que vous croyez peut-être de l'égoïsme... mais ici... je mourrais de douleur et de chagrin.

— Mais à Hautmont, ma chérie, vous serez encore plus seule qu'ici !

— Ce n'est plus la même chose, madame ! Là-bas, je n'aurai pas sous les yeux tout ce qui me rappelle ici le passé... et au milieu de mes fermiers, de mes arbres et de ma solitude même, mon cœur ne sera plus angoissé par l'horrible vision de mon père, de mon pauvre père que j'ai vu là, sur son lit, la gorge tranchée.

— Soit, mon enfant, dit Sarah après un moment de silence, retournez à Hautmont, ma chérie, et, dans quelque temps, j'irai vous y rejoindre.

— Vous, madame, vous... vous consentiriez à venir vous enfermer dans cette campagne désolée ?

— Pourquoi pas ?... Ne dois-je pas veiller sur vous comme veillerait votre mère ?

— C'est triste, Hautmont !

— N'est-ce pas la tristesse qui seule nous convient désormais, Odette !

— La tristesse et la prière.

Et les deux cœurs meurtris trouvèrent un peu de calme dans une prière mutuellement adressée au Consolateur suprême.

— Ainsi, madame, demain je pourrai retourner à Hautmont, dit Odette après un long silence.

— Demain ? C'est bien vite nous séparer, mon enfant.

— Oh, si vous saviez combien j'ai peur ici, madame !

— Peur...

— Oui... j'ai peur. Laissez-moi partir demain et vous même, dès que vous le pourrez, venez à Chènevrey, madame, vous resterez avec moi, et nous parlerons de ceux qui ne sont plus !

La comtesse attira la jeune fille sur sa poitrine et l'embrassa avec effusion.

— Je comprends vos peines, Odette, et demain vous retournerez à Hautmont ; dès maintenant, je vais faire prévenir votre bonne mère nourrice.

— Oh, madame, merci ! Plus tard, si vous le voulez bien, je reviendrai passer quelques jours à Paris, quand mon âme sera moins troublée !

Le lendemain, après avoir été prier sur la tombe de son père, Odette d'Etiolles partait pour la Champagne et la comtesse Sarah restait seule à l'hôtel de la rue de Varennes.

Depuis que le cadavre du comte avait été mis en bière, le Parquet avait fait apposer les scellés, non seulement sur tous les meubles de la chambre mortuaire, mais encore sur la porte et sur les fenêtres elles-mêmes.

Le petit salon attenant à la chambre avait été transformé en un véritable cabinet de juge d'instruction, et c'est là que, pendant les deux jours qui suivirent les obsèques, Me Bouvery et le commissaire de police firent défiler devant eux tous ceux qui, à un titre quelconque auraient pu apporter, par leurs témoignages, une parcelle de lueur sur cette ténébreuse affaire.

Et comme sur la table même du salon le greffier avait accumulé les dossiers et les dépositions de tous ceux que le juge avait entendus, Me Bouvery avait eu soin de fermer chaque soir la porte à clef et avait emporté la clef dans sa poche.

La comtesse Sarah, dès qu'Odette fut partie, s'enferma dans son appartement et là, seule, ne voulant recevoir personne, pas même celles qui étaient ses amies les plus intimes, consignant rigoureusement sa porte à tout le monde, elle se livra à de longues méditations...

Sa pensée errait çà et là, des crispations soudaines plissaient son front et de ses dents admirablement blanches elle mordait ses lèvres jusqu'au sang.

Le baron Frédéric de Lignolles n'avait pas donné signe de vie.

Entre lui et Sarah, il avait été convenu que dans la « Petite Correspondance » du grand journal le *Barbier*, il ferait publier une ou deux lignes aisément compréhensibles pour tous deux seuls, sous les initiales B. L. 107.

Sarah avait avidement parcouru cette rubrique spéciale. Le *Barbier* ne contenait aucune correspondance adressée à B. L. 107, aucune ligne qui put faire deviner où il était...

Et cette absence de nouvelle plongeait Sarah dans un énervement profond, bien qu'il fut à peu près matériellement impossible d'être renseignée en un laps de temps aussi court...

Deux fois, le juge d'instruction s'était présenté devant elle, et chaque fois Sarah avait appris avec une émotion profonde que l'enquête, qui se poursuivait avec une activité fébrile, n'aboutissait à rien de positif.

L'assassin était non seulement introuvable, mais encore aucune piste ne pouvait être relevée.

— Il est impossible de vivre ainsi, s'écria Sarah, il faut à tout prix que le meurtrier du comte soit découvert.

— La police cherche, madame la comtesse.

— Et elle ne trouve rien ?

— Rien... jusqu'à présent, du moins.

— Mais monsieur, doublez, triplez le nombre de vos agents, faites des recherches partout... promettez des primes énormes, mais je veux que l'assassin de mon mari soit découvert !

Et haletante, Sarah tordait ses bras de désespoir devant le juge impassible.

— Tout ce que la justice peut faire, elle le fera, madame... mais ici, elle ne se trouve pas en présence d'un crime banal, l'assassin était sûr de l'impunité, et il a commis son forfait avec trop de maëstria pour qu'il laisse deviner sa personnalité.

— Alors, on ne le trouvera jamais?

— Jamais... c'est peut-être exagéré, madame la comtesse! Mais à moins d'un hasard... et les hasards se font rares en matière criminelle!

— Monsieur, le comte a été assassiné, le vol a été le mobile du crime. Remuez Paris, la France entière, s'il le faut, mais trouvez le coupable! Ma fortune, je vous la donne. Mais au nom du ciel... au nom de la justice... que le châtiment soit égal à la lâcheté du crime.

— L'or, madame, ne suffit pas toujours pour découvrir les assassins.

— Que faut-il donc?

— La patience.

— Attendre? Mais c'est risquer de perdre à jamais les traces du misérable.

— Peut-être, madame la comtesse, peut-être!

Patience et longueur de temps font plus que force et que rage.

— Attendons! Quant à moi, je reste à votre entière disposition, je me dois à celui que j'ai perdu... je resterai ici pendant tout l'hiver et, à part quelques jours que j'irai passer à Hautmont auprès de ma fille, je me tiendrai à votre disposition, monsieur le juge.

Me Bouvery n'avait plus rien à faire à l'hôtel de la rue de Varennes. Après avoir salué profondément la comtesse d'Etiolles, il partit, laissant libre le salon que son greffier avait transformé en cabinet de juge d'instruction depuis cinq jours.

Les scellés restèrent apposés seulement sur la porte de la chambre du comte.

La domesticité de l'hôtel, rentrée à Paris en même temps que Sarah, était importante et en rapport avec le train de maison que menait le comte et sa femme.

Le jour du départ d'Odette, tous les domestiques maintenant inutiles furent remerciés; seuls, le cocher et le valet de pied, qui n'habitaient pas l'hôtel, restèrent au service de Sarah, ainsi que sa femme de chambre.

Ce fut une cuisinière qui remplaça le chef et deux femmes de charge qui firent le service des valets congédiés.

Et dans cette immense demeure, ce fut le silence morne et froid qui remplaça l'entrain, la joie et la folle gaîté des réceptions mondaines que le comte donnait chaque automne et chaque printemps à ses nombreux invités...

Le soir où Odette avait quitté la rue de Varennes pour retourner au château d'Hautmont, la comtesse Sarah s'enferma chez elle. Elle resta seule pendant de longues heures, ne voulant même pas garder auprès d'elle safemme de chambre qui la servait depuis quelques années.

El là, immobile au coin de la cheminée, les yeux perdus dans le vide, elle laissa errer sa pensée.

De temps à autre, son regard se portait sur la pendule dont les aiguilles marchaient trop lentement à son gré, sans doute, car des crispations nerveuses agitaient ses traits et un rictus d'impatience venait tordre ses lèvres.

Aucun bruit du dehors n'arrivait jusqu'à elle... le silence le plus complet régnait dans l'hôtel et seul, de temps à autre, le monotome roulement d'une voiture troublait ce calme lourd et pesant.

Brusquement, dix tintements résonnèrent à la pendule.

Sarah tressaillit.

Puis elle se leva et s'approcha de la porte.

Elle y colla longuement son oreille et écouta.

Nul bruit ne se fit entendre.

Elle prit un flambeau et sortit de la chambre.

A travers les couloirs et les vastes pièces du premier étage, elle se dirigea vers le petit salon-boudoir, attenant à la chambre du comte...

Arrivée devant la porte, elle hésita pendant un

instant, puis, après avoir plongé son regard de tous côtés, comme si elle eut craint de voir apparaître un domestique importun, elle ouvrit la porte et entra.

Après avoir donné rapidement un tour de clé à la serrure, elle s'avança dans cette pièce froide et sombre, dont les meubles étaient restés dans le plus grand désordre.

Sarah s'approcha du mur opposé à la chambre de son mari... d'une main résolue elle releva les tentures et examina attentivement la boiserie.

Subitement, son regard s'éclaira d'une lueur étrange.

Là, sous ses doigts, une tache noirâtre apparaissait sur une moulure du lambris.

— Sauvée, s'écria-t-elle d'une voix tremblante d'émotion, je suis sauvée par Jacques, car il devait déjà avoir pris le coffret fatal... et c'est par là qu'il s'est enfui avant que les policiers soient arrivés.

Et elle appuya sur la tache noirâtre.

Lentement, le panneau tourna sur lui-même et démasqua un couloir plongé dans l'obscurité la plus profonde.

V

NAPOLÉON MORDACQ

Ce matin là, malgré la neige qui recouvrait sous son immense linceul la bonne ville de Paris toute entière, et la gelée qui dessinait des arabesques fantastiques sur les carreaux de sa salle à manger, Napoléon Mordacq était en bras de chemise.

Il est vrai qu'il était en nage.

Son front, quelque peu dégarni, était recouvert d'une véritable rosée et la sueur dégoulinait le long de ses joues comme si la température de la chambre eut été au dessus de 40° centigrades.

Le travail, auquel Napoléon Mordacq se livrait, n'était pourtant pas des plus pénibles... il donnait à manger et à boire à des oiseaux.

Mais les oiseaux étaient nombreux et la volière était gigantesque.

Dans une cage de quatre mètres de hauteur sur six mètres largeur et deux de profondeur, c'est-à-dire occupant tout le fond d'une salle à manger assez spacieuse, plus de deux cents serins, canaris, pinsons, chardonnerets, verdiers, capucins, bec-de-corail se livraient à une orchestration vocale des plus exubérantes, des gosiers de cette minuscule gent emplumée sortaient les accords les plus stridents, les trilles les plus harmonieux, les gazouillis les plus tendres, et cette mélodieuse cacophonie remplissait la chambre d'un bruit à la fois assourdissant et poétique.

Et dominant cet infernal charivari, la voix de Napoléon Mordacq éclatait de temps à autre comme la fusillade sous la ramée.

— Attends, toi, sacré bohème... je vais t'en donner des coups de bec... Eh, mais... eh mais... ah ça... ça va-t-il finir, là-haut ? Non, mais, ma parole, si on les laissait faire, ça ferait du propre dans cette république d'anarchistes.

Et allant à droite, se précipitant à gauche, élevant ses grands bras ou se baissant avec impétuosité, Mordacq essayait, en des imprécations dignes des héros d'Homère, de mettre un sage holà aux batailles rangées que se livraient ses « anarchistes » autour des mangeoires garnies de chenevis, des « seiches » accrochées aux barreaux de la cage et des longues grappes de millet suspendues aux trente-six coins de cette véritable « Cité des oiseaux ».

Et quand la dernière porte de cet immense caravansérail fut solidement fermée, quand le dernier bâton fut régulièrement mis en place, Napoléon Mordacq poussa un « ouf » de satisfaction, se recula de quatre pas et contempla amoureusement ses « petits enfants chéris ».

Puis, quand il fut absolument certain que rien ne manquait, il tira une énorme bouffarde de la poche de son gilet, la bourra avec une méticuleuse conscience, l'alluma selon les immortels principes de l'art du parfait culotteur et vint se placer à califourchon sur une chaise, en face de sa ménagerie à plumes et à becs.

— Sabre de bois, s'écria-t-il en lâchant de gigantesques bouffées de fumée qui dessinaient dans l'espace des volutes aussi épaisses que capricieuses... Ah, qu'il est doux de ne rien faire... Et quand donc, pistolet de paille, l'aurai-je, cette retraite... cette bonne retraite ! Euh ! nous sommes le 24 janvier 1870... donc, je n'ai plus que vingt-et-un ans, onze mois et vingt-sept jours, sans compter les nuits. Enfin quoi, avec de la patience, de la...

Il n'acheva pas.

Un violent coup de sonnette retentit et le fit bondir sur sa chaise au risque de briser en mille et quelques morceaux le fragile tuyau de son immense pipe.

— Oh mais... oh mais... il est fou, celui-là ! Sabre de bois... et voilà qu'il recommence? Ah, mille pistolets de paille et de foin, je vais lui apprendre à sonner chez Mordacq !

Et rapide comme une flèche, Mordacq se précipita vers la porte d'entrée de son logis où la sonnette rentrait en branle d'une façon inquiétante pour la solidité du cordon.

Dérangé aussi brutalement dans sa quiétude, Napoléon Mardacq allait tancer d'importance ce trouble-fête et déjà il ouvrait la bouche pour l'accueillir avec des épithètes peu parlementaires quand, à peine l'huis entrouvert, il s'arrêta net, saluant militairement de sa main droite et arrachant d'un mouvement brusque l'infortunée bouffarde qu'il tenait entre ses dents.

— Sabre de bois... mille sabre de bois... excusez-moi, chef ! Ah, si j'avais su... eh, mais... eh mais, donnez-vous donc la peine d'entrer !

Et s'inclinant jusqu'à terre avec une grâce dont on l'aurait cru absolument incapable, Napoléon Mordacq s'effaça devant l'intempestif visiteur et le fit entrer, avec une cérémonieuse obséquiosité, dans la salle à manger où la ménagerie emplumée se livrait à un concert des plus fantastiques.

— Eh bien, mon cher inspecteur, je vous dérange, n'est-ce pas?

— Pas du tout, chef.... pas du tout.... au contraire, même !... Je suis trop heureux de vous recevoir dans mon humble logis.

Napoléon Mordacq, après avoir présenté une chaise à celui qu'il venait d'appeler chef, vint s'asseoir en face de lui après avoir eu soin toutefois de déposer sa bouffarde en lieu sûr.

Napoléon Mordacq avait trente-cinq ans à peine.

Célibataire endurci, bien que fort joli garçon ; le visage rasé comme celui d'un acteur, grand, bien découplé, la physionomie ouverte et éclairée par de grands yeux noirs dans lesquels se décelaient la franchise et la bravoure, quelque peu chauve malgré son âge peu avancé, Mordacq inspirait, à première vue, de la sympathie et de la confiance.

Mordacq était timide comme une rosière... à la veille d'être couronnée, et son allure à la fois martiale et dégagée contrastait étrangement avec cette invincible timidité.

Napoléon Mordacq, qui d'un seul coup de poing aurait assommé un bœuf, ne pouvait dire « bonjour » ni « bonsoir » sans rougir comme une jouvencelle, et si par malheur deux ou trois personnes se trouvaient là à ce moment solennel, le malencontreux « bonjour » ou « bonsoir » restait accroché sur ses cordes vocales et il restait muet comme une carpe... tout en rougissant comme un homard... en train de cuire, naturellement !

Chez lui, il faisait les quatre cents diables, jurait, hurlait, tempêtait comme un régiment de Cosaques en bombance... Mais, chez les autres, il se tenait coi, n'osant ni s'asseoir ni ouvrir la bouche, tenant ses yeux baissés et tortillant entre ses doigts tremblants le couvre-chef en feutre mou et à larges bords qui abritait, du 1er janvier à la Saint-Sylvestre, sa calvitie précoce et les quelques mèches de cheveux qui l'auréolaient.

Dans une lutte, dans une bagarre, il aurait tenu tête à vingt hommes, fonçant sur eux comme le sanglier aux abois fonce sur la meute qui le harcèle... mais, dans une réunion, dans un salon, au théâtre où à l'église, il serait devenu cramoisi devant un enfant ou un gamin et lui aurait fait des excuses très humbles pour le dérangement qu'il aurait pu lui causer en passant sur le même trottoir, en s'asseyant sur le même banc ou en sortant devant lui.

Et Mordacq, Napoléon Mordacq, malgré cette ridicule infirmité qui lui étreignait le cœur, car il appelait sa timidité une ridicule infirmité, occupait une des situations des plus délicates.

Il était inspecteur principal de la Sûreté et depuis dix ans passés qu'il appartenait à la Préfecture de police, le nombre des captures importantes qu'il avait opérées était incalculable.

Son audace, sa bravnure et les ruses d'Apache du Nouveau-Monde qu'il employait quand il s'agissait de démêler les fils d'une affaire embrouillée, lui avait valu un avancement rapide ; dans les hautes sphères policières, il était considéré comme un détective de très haute valeur, d'une intelligence hors ligne et d'une probité scrupuleuse, et on chuchotait tout bas, pour ne pas effaroucher sa timidité proverbiale, qu'à la retraite du chef de la Sûreté, il recueillerait sa succession malgré son âge peu avancé.

Et Napoléon Mordacq, que de temps à autre on appelait « Badinguet », ce qui avait pour résultat de le faire rougir jusqu'au blanc des yeux, alors que la plus haute situation policière l'attendait, ne pensait qu'à une chose, n'aspirait qu'à un but... arriver à l'heure de la retraite pour pouvoir se livrer avec tout le dévouement et toute la sollicitude possible à ses « petits enfants chéris », ses oiseaux babillards et criards.

Il n'avait plus à attendre la délivrance que pendant vingt-et-un ans, onze mois et vingt-sept jours.

Et comme, ce matin-là, il jouissait en paisible bourgeois de son jour de repos, en attendant sa retraite, sa stupéfaction fut des plus grandes en apercevant devant lui le chef de la Sûreté en personne, le sympathique M. Claude.

— Je vous dérange dans vos occupations favorites, mon cher Mordacq, fit le chef de la Sûreté, après avoir contemplé pendant un instant le visage de son meilleur auxiliaire qui avait passé tour à tour par toutes les couleurs de l'arc-en-ciel.

— Jamais vous ne me dérangez, chef... Seulement, comme vous le voyez, je suis en tenue négligée... et... alors... vous comprenez, je...

— En tenue négligée ? Allons donc, vous êtes beau comme un astre ! on vous prendrait, ma parole, pour un planteur de canne à sucre en villégiature. Il ne vous manque qu'un chapeau de paille et...

— Des cannes à sucre? Ah ! quand je serai en retraite...

— C'est ça, vous irez aux Antilles ! Et là, vous élèverez des régiments d'oiseaux, ce sera superbe! Mais, en attendant cet heureux jour, j'ai à vous causer sérieusement, mon cher ami !

— Trop heureux, chef, et si... si je suis capable de... de quoi s'agit-il ?

Le chef de la Sûreté rapprocha sa chaise de celle de son inspecteur principal et il reprit à voix basse.

— Voici ce dont il s'agit... Vous connaissez, par le menu, l'affaire de la rue de Varennes, n'est-ce pas ?

— Hélas, chef ! Je ne la connais que trop et, malgré toutes mes ruses, je n'ai pu découvrir quoi que ce soit.

— Eh bien, mon cher Mordacq, ce que vous

connaissez déjà, n'est rien auprès de ce que je vais vous apprendre.

— Eh mais... sabre de bois, qu'y a-t-il donc?

— Le comte d'Etiolles avait emporté du ministère, le jour même où il a été assassiné, tout un dossier pour l'annoter chez lui, à son aise et à l'abri de toute indiscrétion possible.

— C'était toujours aussi prudent que de le laisser à son bureau.

— C'est ce qui vous trompe!

— Comment ça?

— Ce dossier, ultra secret, contenait l'exposé et les plans de la mobilisation de la frontière de l'Est en cas d'une guerre éventuelle avec la Prusse...

— Bigre, c'était sérieux!

— C'est ce dossier volumineux qui a été volé rue de Varennes!

Napoléon Mordacq fit un bond et poussa un grognement sourd.

— Hein? Vous dites que...

— L'assassin a tué le comte d'Etiolles pour lui voler son dossier, tout simplement.

— Et pourquoi faire, sabre de bois?

— Pour le livrer au Roi de Prusse, mon cher ami.

— Eh mais.... eh mais.... en voilà du propre!

— N'est-ce pas? Au ministère on a tenu la

chose secrète... on espérait retrouver le dossier rue de Varennes... Mais, devant les résultats de l'instruction et les recherches négatives du Procureur impérial flanqué de Baculard et de Mirgodin, on a été obligé de se rendre à l'évidence.

— Un peu tard, chef !

— Le criminel a simulé le vol d'argent, vol insignifiant d'ailleurs, mais c'est le dossier seul qu'il a voulu avoir à tout prix, et, pour s'en emparer, il n'a pas reculé devant un meurtre.

— Sabre de paille, ça se comprend, chef ! ça se comprend. Qui veut la fin... veut également les moyens !

— Et ce qui est plus triste à constater, c'est que ce n'est pas la première fuite que l'on découvre au Ministère de la guerre... Seulement, aujourd'hui l'affaire est plus grave, la fuite est plus importante et le Ministre s'en est ému.

— Eh mais, eh mais... chef, il y a de quoi, grandement de quoi, même !

— Naturellement, on laisse le public dans l'ignorance de ces faits... on cache ce vol aux journaux, car l'esclandre serait trop considérable.

— J' vous crois.

— L'Empereur lui-même n'est pas au courant de ce triste événement, et si ces maudits journalistes se mettaient à parler et à exagérer les choses selon leur fâcheuse habitude, l'émotion serait telle qu'il y aurait certainement du grabuge, aux Chambres d'abord et dans les rues ensuite.

— Oui... oui... je vois ça d'ici, chef... sabre de bois... ça ferait un joli chambardement.

— Plus, peut-être ! Et c'est ce qu'il faut éviter...

— Comment faire ?

— Découvrir le voleur.

— Hum... a-t-on des soupçons ?

— Aucun.

— Hum... et le comte ?

— Le comte d'Etiolles était incapable de commettre une telle infamie.

— Et son entourage ?

— Il ne fréquentait qu'un monde au-dessus de tout soupçon !

— Heu... vous savez, chef... ce n'est pas l'habit qui fait le moine ! Enfin, où chercher ?

— Où vous voudrez !

— Hein ?

— Où vous voudrez, mon cher Mordacq... Car c'est vous qu'on a choisi pour débrouiller ce mystère !

— Moi, chef ? Mais c'est impossible !

— Rien n'est impossible, mon cher Mordacq !

— Je vous assure, chef, que je suis incapable...

— Incapable ou capable, il faut que vous vous mettiez en campagne, il le faut... vous entendez, mon cher ami ! Or, vous ne pouvez pas vous soustraire à des injonctions venues d'aussi haut !

Mordacq qui, pendant ce temps, n'avait manifesté aucune émotion, se mit à trembler comme la feuille agitée par le vent.

Son visage devint blanc, rouge, vert, jaune. Ses yeux roulèrent dans leur orbite comme des billes dans un entonnoir, et une avalanche de sueur se mit à recouvrir son crâne dénudé...

Et, pendant cinq minutes, il resta là, hébété, anéanti, paralysé.

— Quand commencez-vous, Mordacq ?

Le policier tressaillit... sa pensée voyageait au loin et elle était aux antipodes de la proposition du chef de la Sûreté !

— Allons, Mordacq, quand entrez-vous en campagne ?

— Mais... euh... chef... vous ne pourriez pas me donner un petit congé... de six mois ?

— Un congé ? Pourquoi faire ?

— Euh, j'ai une tante malade.

— Il ne s'agit pas de votre tante. Quand entrez-vous en campagne ?

— C'est la sœur de ma mère.

— Badinguet, mon ami, vous me la bâillez belle... Je vous demande, pour la quatrième fois, quand vous vous mettez à la recherche du misérable assassin et voleur.

Le Père Claude avait touché la corde sensible.

Le nom de Badinguet avait produit son habituel effet.

Napoléon Mordacq devint écarlate... il pinça l'extrémité de son appendice nasal une dizaine de fois et finit par dire d'une voix tremblante :

— Enfin, chef... puisque... c'est-à-dire du moment que vous exigez, si vous croyez, je commencerai quand vous voudrez... lundi prochain.

— Lundi ? vous êtes fou...

— Demain... alors... ou après-demain.

— Demain ? Pourquoi pas aujourd'hui même ?

— Au... aujourd'hui ? Sabre de pistolet... mais, chef, je...

— A deux heures, je vous attends à la Préfecture ! Il n'en est pas encore dix... c'est donc quatre grandes heures que vous avez devant vous ! C'est beaucoup plus qu'il vous faut pour tirer vos plans de conduite... Donc, dans mon cabinet, à deux heures précises.

— Mais, chef, je vous assure... je ne sais pas de quoi il s'agit.

— Bast... vous vous renseignerez en route. D'ailleurs, la chose est simple, on a volé... on a assassiné... il s'agit de trouver le coupable. Vous comprenez, n'est-ce pas ?

— Heu... oui, je comprends... je comprends

très bien, même! Mais le tout est de savoir qui a tué et qui a volé.

— C'est justement ce que vous allez chercher, mon cher Mordacq... A deux heures, dans mon cabinet, je vous ferai part de mes idées... et si vous réussissez, c'est cent mille francs pour vous et le ruban rouge pour votre boutonnière ! A tout à l'heure.

Et sans faire attention aux gestes de désespoir et à la mine déconfite de Napoléon Mordacq, le chef de la Sûreté se dirigea vers la porte et disparut avant que son inspecteur principal fut revenu de sa stupéfaction.

— Mille pétarades de pistolet, finit par s'écrier l'infortuné « Badinguet », après un long moment de silence, me voilà propre! Et dire que, depuis trois semaines, j'étais si tranquille. Ah! mes enfants... mes chers petits enfants, que va devenir votre malheureux père !

Et le pauvre Mordacq se précipita sur la cage et étendit ses grands bras velus comme s'il voulait embrasser dans une poignante étreinte tous les représentants de sa ménagerie emplumée.

Mais son émotion fut de courte durée.

D'un geste brusque, il prit sa bouffarde, l'alluma fébrilement, puis il entra dans sa chambre à coucher fort élégamment meublée et se jeta sur son lit, au risque d'effrondrer le sommier et les matelas.

Et pendant plus d'une heure, il resta ainsi, immobile, tenant toujours entre ses dents sa pipe éteinte depuis longtemps, les yeux fixés sur le ciel du lit, plongé dans de profondes réflexions.

Par instants, ses sourcils se fronçaient et un pli creusait son crâne, des mots hachés, incompréhensibles, voltigeaient sur ses lèvres, tandis que de sa poitrine s'exhalait un soupir profond et saccadé.

Et brusquement, il se leva, au risque de casser sa pipe en mille morceaux.

— Après tout, pourquoi pas ? A qui le crime profite ? Comme a dit un grand légiste... à sa veuve ? Hum... pas certaine, cette hypothèse. A sa fille ? Si elle était mariée... si le comte avait eu un gendre... possible, après tout, mais elle est demoiselle, donc, il n'y a pas de gendre sous roche ! A ce vieux coquin de Roi de Prusse ? Eh, eh... c'est à lui seul que revient le fruit de ce vol de dossiers ! Du moment qu'il y a eu déjà des fuites au Ministère et que ces fuites continuent, c'est que quelqu'un a intérêt à posséder ces objets volés. De quoi s'agit-il ? des dossiers concernant la défense nationale, de plans, de documents relatifs à la frontière de l'Est. Donc, ce sont ces têtes d'Alboches seules qui peuvent avoir intérêt à feuilleter ces petits albums ! Quel est le coquin qui a volé ?... Inconnu au bataillon... pour le moment du moins ! Où perche-t-il ? Voilà le « hic », comme disent les Anglais, je ne sais pas pourquoi ! Et, mille sabres de bois, ce sont ce hic et ce coco qu'il faut chercher d'abord... et trouver ensuite ! Allons, mon vieux Badinguet, sauf le respect que je dois à notre Empereur, dont je suis le double parent par le prénom et par le sobriquet, haut le cœur... haut les pattes... et du leste ! Ce sont les Pruscos qui font des manigances, baïonnette au canon... en avant.... vive la France !

Une heure après, Napoléon Mordacq, mis avec une certaine élégance, frappait à la porte du chef de la Sûreté et c'est en rougissant qu'il entrait dans ce bureau aux tentures sombres, à l'ameublement sévère, qui avait été le témoin muet de tant d'enquêtes tragiques.

— Vous êtes l'exactitude même, mon cher inspecteur, dit le père Claude en lui serrant affectueusement la main.

— C'est la politesse des Rois, chef ; or, comme vous prétendez que je suis le Roi des Policiers, je suis forcé d'être poli.

— Vous êtes loquace, ce matin, mon cher Mordacq.... c'est un bon signe, fit le chef en souriant.... prenez un siège et écoutez-moi.

Et longuement, le chef de la Sûreté raconta à Mordacq tout ce qu'il savait de l'enquête sommaire de ses agents subalternes, Baculard et Mirgodin, et ce qu'il avait surtout appris, tant par le juge d'instruction que par les fiches secrètes de la Préfecture, au sujet du comte, de la comtesse Sarah et de leur genre d'existence.

Puis, par le menu, il lui fit part de l'enquête faite par les magistrats et lui donna les détails les plus précis au sujet du voyage de Sarah à Paris le jour même de l'assassinat de son mari et les preuves absolues que l'on possédait sur son départ pour la Côte-d'Azur quelques heures avant l'accomplissement du crime de la rue de Varennes.

A Nice, par un agent spécialement envoyé à ce sujet, on avait appris que Sarah était arrivée par l'express qui partait de Paris à cinq heures dix-sept minutes du soir, qu'elle était rentrée immédiatement à sa villa et qu'elle n'en était sortie que pour revenir à Paris, au reçu de la lettre du Parquet.

— Donc, conclut le chef de la Sûreté, malgré les présomptions de Me Bouvery, la comtesse ne peut être matériellement la meurtrière de son mari... la chose est absolument impossible.

A plusieurs reprises, Mordacq passa sa main sur son crâne dénudé, signe évident chez lui d'une perplexité profonde... puis il tira une dizaine de fois sur le bout de son appendice nasal, et après avoir songé quelque peu, il finit par dire :

— Oui, chef... oui, j'abonde dans vos idées ! Mais cette chère dame, si elle n'est pas l'assassin de son noble époux, qui nous prouve qu'elle n'est pas la complice de l'assassinat ?

— Impossible.

— Parce que ?

— Son attitude devant les magistrats a été concluante. A la vue du cadavre sanglant du comte d'Etiolles, elle ne s'est pas trahie... coupable, elle se serait troublée ! Chez elle, rien, rien ! Un cri d'émotion sincère, une attitude digne et respectueuse, un sang-froid absolu.

— Hum... c'est une ancienne cabotine, m'avez-vous dit, chef ?

— Oui, autrefois, elle a été actrice sur différentes scènes du boulevard, mais comme l'a dit Me Bouvery, on ne joue pas la comédie avec autant d'assurance et de talent devant un cadavre.

— Permettez... elle s'attendait à cette confrontation ?

— Nullement ! Quand le juge a arraché les rideaux du lit, le cadavre mutilé du comte est apparu... or, la comtesse Sarah croyait que son mari était déjà dans son cercueil, exposé dans la chapelle ardente du rez-de-chaussée et s'était même longuement agenouillée devant le catafalque dès son arrivée rue de Varennes. Donc, elle n'était pas prévenue et elle ne pouvait l'être... et devant l'apparition subite de la victime, elle ne s'est pas trahie.

— Bien,.. mais si elle n'est pas coupable personellement, ne peut-elle avoir un complice ?

— Qui ?

— Je n'en sais rien ! Il est très probable que ne pouvant ou ne voulant pas mettre elle-même la main à la pâte, c'eut été trop risqué pour elle, elle ait fait agir un comparse.

— Un comparse ? C'eut été peut-être plus dangereux !

— Ecoutez, chef... la chose est limpide... La comtesse sait que son mari emporte du Ministère des pièces importantes pour les annoter chez lui... elle sait, de longue date, que ces pièces sont placées dans un coffre-fort ou dans le bureau... donc la moitié de son ouvrage est fait ! Comment, je ne le sais encore, elle apprend que son mari va posséder un dossier des plus importants... ce dossier, il le lui faut, à tout prix ! Son mari est seul... nul ne peut apercevoir le voleur, et, ma foi, advienne que pourra ! On tue... et on vole ensuite ! Et le meurtrier lui remet le produit de son double crime.

— Mais puisqu'elle est à six cents kilomètres de là ?

— Qu'importe?... Ce dossier lui parviendra toujours... et elle est à l'abri de tout soupçon.

— Ainsi la comtesse serait...

— Une espionne? Parfaitement!

— Et elle serait, pour vous comme pour moi, incapable d'avoir commis le crime elle-même?

— Absolument... puisque les preuves sont là! Mais c'est un complice qui a agi d'après ses indications expresses... à moins que...

— A moins?

— Que ce soit un monsieur quelconque, ayant ses grandes et ses petites entrées au ministère, un employé même de ce ministère à un titre également plus ou moins quelconque qui ait fait le coup pour son compte.

— Un traître, alors?

— Bast, chef, avec de l'argent on achète toutes les consciences.

— Et ces documents, il les aurait vendus à la Prusse?

— Naturellement! S'il les a volés au prix d'un crime ce n'est pas pour les encadrer et orner son cabinet de toilette d'une estampe de ce nouveau genre.

— Mais, mon pauvre Mordacq, vous m'épouvantez!

— Allez, chef... sans que l'on s'en doute, la France est peuplée d'espions et de traîtres. En haut comme en bas de l'échelle sociale, un tas de gens ne vivent que des produits de leur métier inavouable mais fort lucratif et sous les haillons des chiffonnières comme sous les falbalas de nos mondaines les plus huppées, se promènent dans les faubourgs, sur les boulevards, dans les rues, dans les salons et même aux Tuileries, des représentants de cette engeance dont l'espionnage est le seul gagne-pain ! Et si le malheur voulait qu'une guerre vienne à éclater... brrr... vous en verriez défiler, de ces loqueteux ou de ces somptueux dandys vers la frontière ! Et je ne parle pas des femmes qui, sur l'oreiller, arrachent à leurs maris ou à leurs amants les secrets qu'elles peuvent vendre à beaux deniers comptants ! Espions et espionnes ? Ah, chef... ça fourmille en France... et personne ne s'en occupe !

— Que voulez-vous, mon cher Mordacq... c'est partout la même chose... et la France n'a pas le monopole de cette spécialité.

— Non... mais elle est le point de mire de cette invasion cosmopolite et Paris est le rendez-vous des espions du monde entier.

Il se fit un silence.

Pensif, le chef de la Sûreté laissa errer son regard çà et là, et Napoléon Mordacq profitait de cet entr'acte pour polir frénétiquement son crâne avec sa main.

— Ainsi, fit brusquement le père Claude, vous croriez plutôt à un vol commis par un espion ?

— Jusqu'à plus ample informé, c'est mon idée !... Ou c'est un attaché du Ministère même qui a commis ce vol ou c'est un instrument docile entre ses mains qui a été son complice... Et la chose est limpide... Ce M. X... surveille le comte ; il sait qu'il a entre ses mains une pièce de haute valeur ; il sait, car tout le monde au Ministère connaissait les habitudes du comte, qu'il reste seul, le soir, dans son appartement de la rue de Varennes... la comtesse est absente, ses domestiques sont à Nice... l'occasion est superbe pour faire un coup de maître et il accomplit son forfait... Avec l'aide d'une clef, et toutes les clefs ouvrent toutes les serrures, à présent, il entre sans bruit chez sa future victime.... elle dort... d'un coup de rasoir, c'est l'opinion du médecin-légiste, il lui tranche la carotide et la gorge... et sans lutte, le meurtrier réduit au silence celui qui, seul pourrait le dénoncer. Là, dans cette chambre, il est seul... il est certain de l'impunité, les papiers qu'il convoite, il les cherche sur le bureau... sur la table... rien n'apparait à ses yeux. Mais le coffre-fort est là et c'est là que se trouve enfermé le dossier. Perd-t-il son temps à faire jouer le secret... non... il l'éventre. Sur les tablettes, à côté de papiers, de titres, de billets de banque, il aperçoit ce qu'il cherche... L'or? que lui importe! Peut-être en prend-il... mais, à coup sûr, il en laisse plus qu'il n'en prend, car ses mains ensanglantées maculent de taches sinistres ces billets, ces titres, ces papiers épars... Puis, son œuvre accomplie, il fuit... emportant dans la serviette du comte ces documents dont il va toucher le prix. Son complice l'attend peut-être... et il lui remet le produit de son vol. Si le criminel a agi pour son propre compte, arrivé sous les Arcades de la rue de Rivoli, il jette dans une bouche d'égout cette serviette qui, seule peut le compromettre, et, sûr désormais de l'impunité, il disparait dans l'ombre de la nuit... Mais... c'est son excès de prudence qui le perd... la serviette maculée de sang, elle aussi, ne tombe pas dans l'égout... elle reste accrochée aux glaçons qui masquent son regard, et c'est là que des agents en tournée la découvrent... Le reste.... vous le connaissez, monsieur Claude!

— Vous avez peut-être raison, Mordacq, fit le père Claude après un long moment de silence. En tous cas, rechercher ces documents serait actuellement une peine bien inutile... car ils sont en lieu sûr, c'est certain.

— Mais on peut chercher le voleur et empêcher que de nouvelles fuites se produisent. Au Ministère, a-t-on des soupçons sur quelqu'un?

— Non ! Dans le cabinet du Ministre de la Guerre, on m'a affirmé que nul ne pouvait être capable d'une telle ignominie.

— Et parmi les employés subalternes ?

— Personne n'entrait ni ne pouvait entrer dans le bureau du comte d'Etiolles en son absence.

— Eh mais... eh mais ça se complique ! Où chercher ?

— C'est ici que votre flair de policier doit intervenir, mon cher Mordacq... il faut que vous trouviez le voleur, donc, agissez !

— Hum... agir... agir.... c'est facile à dire.

— Et à faire pour vous.

— Et... j'ai les coudées franches ?

— Faites ce que vous voudrez, mais réussissez... c'est tout ce que l'on vous demande.

— Des agents seront à ma libre disposition ?

— Toute la brigade des recherches si vous la désirez !

— Non, ce serait tout gâter. Avec deux ou trois bons serviteurs, je ferai mieux et plus qu'avec cent imbéciles.

— Agissez... vous êtes le Maître.

— Alors, chef, je ferai le possible... même l'impossible pour arriver à un bon résultat... Seulement, j'aurai besoin d'une autorisation spéciale pour faire ouvrir les portes... réfractaires.

— Un blanc-seing ?

— Signé du Préfet et du Procureur impérial... sans compter quelques billets de mille... Avec ces viatiques, on pénètre partout et on fait tout parler... même les muets !

— C'est bien, Mordacq, ce soir vous aurez l'un et l'autre.

— Et, dès ce soir, j'entrerai en campagne, chef ! Seulement, si je reste quelque temps sans vous donner de mes nouvelles, ne vous inquiétez pas... je travaillerai dans l'ombre, et la main sur la conscience, je ne puis faire publier par les journaux mes faits et gestes quotidiens. Mais n'ayez crainte... je reviendrai de temps à autre... ne serait-ce que pour donner à manger à mes... chers petits enfants.

— Vos enfants ?

— Et oui.... chef... mes pauvres canaris !

Et Napoléon Mordacq, après avoir serré la main que lui tendit affectueusement le Père Claude, quitta la Préfecture.

Une heure après, il était assis devant la table d'un petit restaurant de la rue Saint-Jacques, et suait à grosses gouttes en essayant de couper en morceaux un beafsteck récalcitrant entouré d'une légion de haricots.

Il était à peu près l'unique client du restaurant ; l'heure était avancée et la plupart des tables étaient veuves de leurs habitués.

Et là, tout en mastiquant avec force grimaces son « filet » de prédilection, il se mit à échafauder dans son esprit le plan qu'il allait suivre.

Chercher le coupable dans une ville comme Paris, était tâche peu facile... il eut été certes mille fois plus aisé de chercher, et de trouver surtout, une perle minuscule dans cent bottes de paille.

C'était une tâche ardue, gigantesque, insurmontable même, qu'on lui avait confiée, et malgré tout le zèle dont il se sentait capable, il était épouvanté en songeant à cette audacieuse entreprise.

Loin de prévoir le succès, il n'apercevait que la défaite, la débâcle certaine où viendrait sombrer sa réputation de policier émérite... il se voyait déjà cassé aux gages, dépossédé de sa situation officielle, chassé de cette Préfecture qui l'avait fait ce qu'il était.

Et pour couper court à tous ces désagréments, il s'apprêtait tout simplement à retourner auprès du chef de la Sûreté et à lui donner sa démission.

Avec les quelques sous qu'il possédait, il irait vivre librement dans un village quelconque, élever des poules et des lapins et donner à manger dans le creux de sa main aux myriades d'oiseaux qui viendraient tournoyer autour de sa bicoque, en zébrant l'air de leurs chants harmonieux.

Et ses robustes machoires, ayant fini de broyer

les derniers morceaux de son beafsteck récalcitrant, il allait se rendre à la Préfecture quand, machinalement, son regard tomba sur un journal, abandonné par un client sur la table voisine.

A la quatrième page de ce petit journal, un des plus répandus à Paris et même dans toute la France, tant à cause de son prix modique que de l'abondance de ses faits-divers sensationnels, s'étalait une vaste annonce imprimée en caractère gras.

C'était l'annonce d'une vente mobilière par suite de départ...

Mordacq prit le journal et se mit à lire la nomenclature du luxueux mobilier que le marteau du commissaire-priseur allait disperser aux quatre coins de la capitale.

— Sabre de bois, il est cossu ce proprio... c'est encore un de ces riches oisifs qui fait un plongeon dans l'Océan de...

Brusquement, il tressaillit.

Là, en tête de cette longue liste de meubles, de tableaux, de bronzes, de voitures, de chevaux et d'innombrables objets de luxe, il venait de lire le nom du vendeur : Frédéric de Lignolles.

— Hein ? murmura-t-il, ce joueur effréné, cet habitué du turf et du grand monde où l'on s'amuse est à la côte ? Frichtre... il a dû en dépenser, des liasses de billets de banque pour en arriver là... Mais, mille pistolets de paille... ce de Lignolles était un fervent admirateur de la comtesse Sarah d'Etiolles..... ah ça.... qu'est-ce que cela veut donc dire ?

Pendant un long moment, le policier s'absorba dans ses réflexions.

Puis il se leva, paya son modeste écot, et sortit du restaurant.

— Napoléon... ou plutôt Badinguet, mon ami, tu veux en avoir le cœur net ? Tu l'auras ! Sabre de bois, comment, ce cher de Lignolles aurait-il pu faire pour sombrer juste au moment où les fêtards de Paris se requinquent à toutes les tables de jeu ? En plein hiver, dégeler ?... Ça... c'est du louche... en avant !

Et d'un pas rapide, zébrant l'air de sa canne de jonc à pomme d'or, Napoléon Mordacq se dirigea vers l'avenue des Champs-Elysées, tout en marmottant entre ses lèvres des phrases hachées et inintelligibles, au milieu desquel les les « sabres de bois », les « pistolets de paille » et les « eh, mais » revenaient d'une façon périodique.

Arrivé au rond-point des Champs-Elysées, le policier s'arrêta. Malgré le froid intense qui sévissait, son crâne était couvert de sueur et sa respiration était quelque peu haletante.

Il y avait de quoi... d'ailleurs... car il avait fait le chemin de la rue Saint-Jacques à la place de l'Obélisque en moins d'un quart d'heure.

— Allons, Badin, mon ami.... soyons à la hauteur.... pas d'esbrouffes... mais du tact... sabre de bois...: énormément de tact !

Et après avoir respiré largement et épongé son crâne ruisselant, le brave Napoléon s'engagea d'un pas nonchalant dans l'avenue des Champs-Elysées.

A deux cents mètres du Rond-point, devant l'hôtel habité par le baron de Lignolles, il fit halte.

L'indication du journal était exacte.

A droite et à gauche de la porte cochère, s'étalait une immense affiche sur papier jaune, annonçant, pour cause de départ, la vente du mobilier appartenant au baron de Lignolles.

Et devant ces affiches, une dizaine de personnes, le visage emmitouflé dans de vastes cache-nez, contemplaient en silence la longue énumération des objets qui allaient être mis en vente quelques jours après à l'hôtel de la rue Drouot.

Mordacq fit comme eux, puis, au bout d'un instant, il entra dans cette demeure connue du Tout-Paris viveur et mondain.

Sous le porche, un valet de pied, aux favoris correctement taillés et dont le cou était étranglé par un faux-col de la plus pure fashion, astiquait avec un soin particulier une superbe paire de bottes dont les reflets brillants miroitaient comme de véritables diamants.

— Le baron est là, mon ami ? fit Mordacq d'un ton protecteur.

Le valet releva la tête.

— Non, monsieur le baron n'est plus à Paris.

— Comment... le baron n'est plus à Paris ? Ah ça, vous me la bâillez belle, mon garçon, j'ai un rendez-vous avec lui aujourd'hui, à trois heures.

Le valet daigna sourire et lâcha la botte qu'il tenait d'une main et la brosse qu'il tenait de l'autre.

— Monsieur le baron avait sans doute donné rendez-vous à monsieur il y a longtemps ?

— Pas du tout... pas du tout, il y a une dizaine de jours à peine ?

— Alors la chose est fort compréhensible, monsieur ! Monsieur le baron a quitté Paris il y a juste dix jours aujourd'hui.

— Dix jours ? Le lendemain de notre dernière entrevue ? Voilà, par Dieu, qu'il est fort ennuyeux ! Quand rentre-t-il, ce cher de Lignolles ?

— Pas de quelque temps... puisque monsieur le baron fait vendre tout ce qu'il possède !

— Allons donc... c'est sérieux ?

— Absolument sérieux ! D'ailleurs, je ne me permettrais pas...

— Comment cela se fait-il ?

— Trois ou quatre jours après son départ, notre maître a chargé un homme d'affaires de régler nos comptes à tous, avec une large gratification, et de mettre en vente immédiatement tout ce qui lui appartenait... D'ailleurs, voici les affiches...

— Ça, mon ami, vous m'étonnez prodigieusement ! Comment, mon excellent de Lignolles est parti ! Et quand ?

— Il y a eu mercredi matin huit jours, monsieur...

— Huit jours mercredi ? Mais où allait-il ? Que vous a-t-il dit ?

— Monsieur le baron n'avait pas l'habitude de nous faire part de ses intentions... Mercredi matin, à huit heures, le cocher a conduit son maître à la gare de Lyon...

— Simple voyage d'agrément sans doute !

— C'est peu probable, car monsieur le baron a fait décommander toutes ses réceptions !

— Et vous ne savez pas où il allait?

— Non, monsieur, car à la gare, c'est un employé qui a porté aux bagages l'immense caisse qu'emportait monsieur le baron...

— Une caisse ?

— Une véritable montagne !

Mordacq, aux paroles du valet, était devenu un peu pâle... pendant un instant, son regard se fixa sur le visage du domestique et un sourire vint crisper légèrement ses lèvres.

Puis, faisant siffler sa badine, il s'écria en riant :

— Ma foi, puisque De Lignolles a des secrets pour ses amis intimes, quand il aura besoin de me voir il m'écrira !

Et pivotant sur ses talons, Mordacq sortit du petit hôtel en fredonnant un refrain à la mode.

Dès qu'il fut à deux cents mètres de là, il s'arrêta.

— Sabre de bois... c'est trop fort ! murmura-t-il. Comment... ce De Lignolles est parti le lendemain même du crime de la rue de Varennes ? Lui... un ami du comte... et surtout de la comtesse ? Que signifie ?

Et à plusieurs reprises, il passa sa main sur son crâne, signe chez lui d'une profonde perplexité !

— Allons... je dis des bêtises... et j'en pense de plus grosses encore ! La nouvelle du crime n'a été connue que par les journaux du matin. Donc, à huit heures, le Frédéric ne pouvait soupçonner l'assassinat ! C'est clair... Et puis... qui prouve que le De Lignolles n'a pas attrappé une culotte monstre à son cercle où ailleurs ? Qui prouve qu'il n'ait été se refaire à Monte-Carlo où ailleurs ? D'ailleurs, rien n'est plus simple. A la gare de Lyon, il n'y a pas trente-six express à huit heures du matin !

Et hélant un fiacre, Mordacq se fit conduire à la gare de Lyon.

Là, ce fut avec une véritable satisfaction qu'il apprit que l'express de huit heures vingt-neuf se dirigeait directement sur la Côte-d'Azur.

Se précipiter au bureau du chef de gare, lui décliner ses nom et qualité et lui faire part du désir qu'il avait de compulser le livre des bagages, fut pour l'inspecteur principal de la police de la sûreté l'affaire d'un instant...

Et quand il eut lu et relu sur ce registre spécial que le jour indiqué par le valet de pied, un voyageur avait pris un billet de coupé-lit pour Nice et que ce voyageur avait fait enregistrer une énorme malle pesant près de cent kilos, sa stupéfaction se changea en ahurissement.

Le doute n'était plus possible !

L'évidence était flagrante... Le lendemain du meurtre du comte d'Etiolles, le baron de Lignolles avait été rejoindre Sarah à Nice !

Mordacq, pour donner plus de poids à sa quasi-certitude, fit appeler l'employé de service aux bagages le mercredi, onze janvier, à l'express de huit heures vingt-neuf.

Et devant sa déclaration catégorique, il ne lui fut plus permis de douter !

Le voyageur, qui était descendu d'une voiture de maître avec cette malle géante, était bien De

Lignolles ! A la description fournie par l'employé, qui se souvenait à merveille du client qui lui avait donné quarante sous de pourboire, Mordacq reconnut aisément celui qu'il cherchait !

Et après avoir donné un royal pourboire au modeste fonctionnaire préposé au chargement des bagages et lui avoir recommandé de conserver dans son souvenir les traits de ce voyageur accompagné d'un colis aussi gigantesque, Mordacq courut à la Préfecture de police.

Le chef de la Sûreté allait sortir, et à la vue de son inspecteur, dont la sueur inondait le visage, il ne put maîtriser un mouvement de surprise.

— Vous, Mordacq... qu'y a-t-il ?

— Chef... excusez-moi... je vais d'abord m'asseoir... sabre de bois ! Je ne puis plus souffler !

Et le malheureux Badinguet se laissa tomber comme une masse sur un fauteuil.

Quelques instants après, sa respiration était revenue à peu près à la normale, et Mordacq put raconter au père Claude ce qu'il venait d'apprendre à l'avenue des Champs-Elysées d'abord et à la gare de Lyon ensuite !

— Mais, mon cher ami, dit le père Claude quelque peu étonné de ces révélations ; il y a là-dessous du louche... plus que du louche même ! Ce départ au lendemain du crime... cette précipitation pour aller rejoindre Sarah... cette malle... cette vente... tout cela est bien surprenant! Et si nous n'étions sûrs et certains de la présence de Sarah à Nice pendant que le crime de la rue de Varennes s'accomplissait...

— Sarah n'était pas à Nice, chef... à cette heure, elle était encore dans le train. L'express part à cinq heures... à dix heures, au moment du crime, elle devait être aux environs de Dijon...

— Alors, c'est De Lignolles!

— L'assassin?

— Naturellement!

Il se fit un léger silence.

— Chef! s'écria Mordacq, je vais à Nice ce soir même! Là-bas, je m'informerai... et mille sabres de bois...

— Quoi qu'il en soit, il y a dans le départ de ces deux êtres quelque chose d'extraordinaire!

— C'est plus que louche!... Enfin, je file... et si c'est un effet de votre bonté, chef, veuillez faire rechercher les antécédents de ce monsieur Frédéric de Lignolles! Vous savez que dans le monde des courses, il est très connu... que c'est un personnage très coté dans les milieux où l'on s'amuse et que l'on doit avoir facilement, ici où là, des renseignements sur son compte... L'acte de naissance de cette chère Sarah me serait également agréable à consulter... et si c'est possible...

— Je vais immédiatement faire procéder à ces recherches...

— Dans trois jours, chef, je serai de retour et j'espère ne pas rentrer bredouille ! D'ici là, faites toujours surveiller l'hôtel d'Etiolles ; j'ai posté deux agents par là et s'il prenait fantaisie à la belle Sarah de sortir, on lui emboîterait le pas ! Quant à sa correspondance...

— Elle passe par le cabinet noir... Mais, malheureusement pour nous, les lettres qu'elle reçoit sont insignifiantes.

— C'est de la guigne ! Et celles qu'elle adresse ?

— Jusqu'à ce jour, elle n'a écrit qu'à Odette, sa belle-fille.

— Et actuellement, elle ne dit rien d'intéressant ! Bast... ça viendra... Quand les femmes ne bavardent pas, il faut qu'elles salissent du papier ! Et par la langue ou par la plume, elles se livrent toujours... A lundi, chef !

Et Napoléon Mordacq quitta la Préfecture.

Le soir même, par le même express qu'avait pris Sarah, une douzaine de jours auparavant, il partait pour la Côte-d'Azur...

Le lendemain matin, il s'informait à la gare de Nice... A la date donnée, il apprenait qu'un voyageur, arrivé en coupé-lit par l'express de Paris, avait laissé en consigne une malle d'assez vaste dimension et que le jour même, ce voyageur avait quitté Nice après avoir pris un billet pour Turin, viâ Modane. Sa malle était repartie avec lui.

Aller rôder aux environs de la villa habitée par Sarah, fut l'occupation de Mordacq pendant le restant de la journée.

Il apprit, par un papetier-libraire du voisinage, que le matin du départ de Sarah, un valet était venu acheter tous les journaux de Paris, chose assez naturelle d'ailleurs, après le drame terrible qui la touchait de si près !

Au bureau de police, il n'apprit rien...

Les renseignements qu'il y obtint étaient sans importance.

La comtesse d'Etiolles sortait rarement de sa villa; elle fréquentait peu les habitués de la ville cosmospolite, ne recevait personne chez elle. Quand le soleil était couché, elle se contentait de se faire conduire aux environs en compagnie de sa femme de chambre, et une ou deux heures après, elle rentrait.

— Sabre de bois! Je fais fausse route! s'écria Mordacq, en sortant de chez le commissaire centrale ; cette comtesse est innocente comme le poupon qui vient de naître... C'est dommage ! La piste se présentait bien et l'affaire aurait été superbe aux prochaines assises !

Au bureau de poste, sa désillusion fut complète...

Depuis six semaines qu'elle était à Nice, la comtesse d'Etiolles n'avait pas reçu dix lettres !

Mais il n'en était pas de même de sa femme de chambre...

— Il faudrait un facteur spécial pour cette jeune personne ! dit en riant le receveur... A tous les courriers, il y avait dix lettres pour elle... Depuis la mort du comte, il n'en arrive plus une seule !

— Et d'où venait ces lettres ? fit Mordacq.

— De Paris... et surtout d'Alsace...

— D'Alsace ?

— Oui... deux ou trois lettres par jour !

— Et comment se nomme cette femme de chambre ?

— Rien de plus facile... Voici deux lettres à son adresse qui sont en souffrance !

— En poste restante ?

— Oui ! Quelquefois elle recevait des correspondances au bureau.

Et le receveur donna au policier deux lettres portant le cachet de Grünwald (Haut-Rhin, et adressées à Mlle Marietta Lütz, P. R. Nice.

Mordacq prit les lettres et ne se fit aucun scrupule de les décacheter immédiatement.

Son espoir fut déçu...

Ces lettres ne contenaient que des nouvelles de

vieux parents habitants l'Alsace, s'inquiétant de la santé de leur nièce...

Toutefois, une de ces lettres contenait un billet de cent francs !...

— Mille sabres de bois et de paille ! s'écria Mordacq, quand il fut dans la rue et après avoir ravagé son crâne dénudé par un friction digitale et palmaire des plus énergiques... c'est à n'y rien comprendre ! Et pourtant, malgré tout, il y a quelque chose !... Quoi ? Je n'en sais rien... Mais sûrement il y a quelque chose...

Et d'un pas rapide, il se dirigea vers la gare...

Il entra encore une fois dans le bureau du chef.

— Pourrais-je voir l'employé qui était de service aux bagages lors du départ de mon voyageur mystérieux ? lui demanda-t-il.

— Certes... Dans un instant, il sera à vos ordres...

Dix minutes après, l'employé était devant Mordacq...

— Cette malle colossale qui a été mise en consigne à l'arrivée de l'express de Paris, n'avait aucune adresse ?

— Non, m'sieur... C'était même pas une malle... c'était un coffre !

— Sans noms ?

— Sans rien... que les étiquettes du P. L. M.... naturellement !

— Et ce voyageur... vous l'avez vu ?

— Comme je vous vois !

— Le reconnaîtriez-vous ?

— Pour sûr !

— Hein... comment cela ?

— Dame, c'est pas malin..., il est déjà venu trois fois cet hiver.

— Ici... à Nice ?

— Pour sûr !

— Et... que venait-il faire ici ?

— Ça, j'en sais rien... Mais à la *Villa des Roses*, on le savait !

— A la *Villa des Roses* ? Chez...

— Chez c' te belle comtesse d'Etiolles, dont le mari a été occis !

— Et c'est là... que l'autre jour...

— Dame... où auriez-vous voulu qu'il aille ? Mon épouse est concierge dans la maison d'en face la villa... Et quand il est sorti de chez sa dulcinée, elle était sur sa porte... Alors... vous comprenez l'apologe !

Mordacq glissa un louis dans la main de l'employé.

Une lueur venait de traverser son esprit et la lumière venait de jeter un éclat nouveau sur ce mystère jusqu'alors impénétrable...

Et une heure après, il montait dans le train qui filait à toute vitesse sur Paris !...

VI

VERS LE BONHEUR !

Dans une petite pièce, pompeusement décorée du nom de « Cabinet particulier », située au premier étage d'un restaurant des environs de la gare de l'Est, deux hommes étaient assis devant une table à moitié desservie et causaient à voix basse.

Ces deux hommes étaient Medzigot et l'Aristo...

Mais sous leurs vêtements propres, presque élégants, avec leur visage rasé de frais et leur chevelure artistement peignée, on aurait eu de la peine à reconnaître les deux loqueteux individus que De Lignolles avait été chercher dans le bouge de la rue Galande, pour les conduire à la porte de l'hôtel de la rue de Varennes.

Près de trois semaines s'étaient passées depuis cette nuit tragique et depuis qu'ils avaient pu échapper, par le panneau secret du petit salon, aux mains des agents de police, au moment où ils allaient découvrir le cadavre du comte d'Etiolles; Medzigot et l'Aristo s'étaient transformés, au moral comme au physique, du tout au tout.

Leur visage hâve et tiré avait pris une coloration normale; les os faisaient des saillies moins prononcées sous leur poitrine, leurs yeux étaient entourés d'un cercle de bistre moins profond et leur regard, morne et éteint autre fois, brillait à présent d'un éclat joyeux.

Les affres de la faim qui avaient tenaillé leur estomac vide, ne laissaient plus sur leurs traits de traces appréciables ; leurs mains ne tremblaient plus par suite d'inanition et un certain air de jeunesse et de bonheur se répandait sur leur physionomie...

Il était près de deux heures de l'après-midi et le repas qu'ils venaient d'achever en tête à tête avait dû être assez copieux, bien qu'il n'y eut sur la table que deux bouteilles... Mais les débris de victuailles traînaient encore çà et là et prouvaient que les déjeûneurs n'étaient pas absolument à jeun !

Le garçon, après avoir rempli les tasses d'un café fumant et déposé sur la table une bouteille d'une eau-de-vie supérieure sans doute, étant donnée la coiffe de cire jaune qui en enroulait le goulot, était sorti.

Medzigot porta la tasse remplie du liquide si cher à Voltaire et à Fontenelle à ses lèvres, fit claquer sa langue avec une certaine satisfaction, roula une cigarette, puis posant ses deux coudes sur la table, dit avec un certain ton de reproche :

— Ainsi, mon vieux Jacques, c'est entendu... tu ne veux pas davantage ?

— Non... c'est inutile d'insister, Médéric ! Tu sais ce que je t'ai dit !

— Encore une fois tu as tort... c'est avec plaisir que je t'offre la moitié de mon gain !

— Non... encore une fois, non ! Si jai accepté les dix mille francs que tu m'as offerts...

— Ils t'appartenaient, l'Aristo !

— Non ! Les cinq mille francs que ce... monsieur de Lignolles t'a donnés, étaient ta propriété.

— Aussi bien que la tienne ! Il nous avait promis dix mille balles, il ne nous en a donné que la moitié... donc, ce qui était à moi était également à toi !

— Moi, Medzigot... je n'ai pas voulu de cet argent... Comme je te l'ai dit, si j'ai accepté d'être le complice, et même l'auteur principal d'un vol, c'était pour permettre à celle que j'ai tant aimée, d'avoir l'honneur sauf et de posséder le secret qui lui appartenait autant qu'à moi ! J'ai agi par devoir, par amour, par dévouement, si tu veux, et non par cupidité !

— Action d'un galant homme, Jacques !

— Et tu aurais agi de même, ami, si tu avais eu un fils !

— Ah, plutôt deux fois qu'une !

— Si un terrible drame, drame que connaissait

peut-être De Lignolles, s'est passé là-bas, si je n'ai pu remettre à cet homme que je connais maintenant et que je méprise autant que je le hais, les papiers qu'il m'avait demandés au nom de Sarah, c'est la fatalité seule qui en a été la cause, fatalité que je remercie d'ailleurs puisqu'elle m'a permis d'apprendre ce que j'ignorais ! Donc, entre ce vil coquin et moi, il ne peut plus être question d'argent ! Encore une fois, merci de ton offre, ami !

— Mais cependant, cet or que je mets à ta disposition, c'est le mien à cette heure... c'est ma propriété personnelle ! Je l'ai gagné... et très honnêtement encore !

Jacques d'Artigues eut un triste sourire et regarda longuement son compagnon d'infortune.

— Oui... finit-il par dire, la chance t'a été favorable ! Et si par un hasard presque providentiel tu as pu gagner avec cette somme... une véritable petite fortune...

— Cinquante-quatre mille francs ! Du 14 contre 1... mon bon ! C'était fantastique !

— Oui... je l'admets ! Pour une fois, la chance n'a été que borgne au lieu d'être aveugle ! A ces courses, où j'ai englouti mon héritage, où toi-même tu as perdu ton avenir, en trois minutes, les quatre mille francs que tu avais placés sur un cheval, grâce à un renseignement que tu avais surpris, t'ont rapporté cinquante mille francs ! C'est ta fortune et si tu es sage et prudent, tu peux, là-bas, reconquérir ta situation passée. Pour moi, grâce au secret arraché au coffret de Sarah, et surtout grâce aux dix mille francs que je dois à ta générosité...

— Tout est à toi, Jacques ! Prends tout... je te le répète encore !

— Mon ami, merci ! Je te le dis, grâce à ce secret, j'ai maintenant une tâche à remplir..... et je puis la remplir ! La vie qui m'était à charge, ma vie qui depuis vingt ans bientôt n'avait plus aucun but, et que je gaspillais pour me débarrasser d'elle plus promptement, cette vie folle et stupide d'autrefois m'est chère à présent ! Je veux vivre et je vivrai !... Non plus pour jouir de l'existence, mais pour racheter mon passé et guider les pas de celui que j'ai tant pleuré !

— Ton fils !

— Oui, mon fils, Médéric... mon fils qui m'a été arraché, ravi, volé par une main infâme ! L'Aristo n'est plus... c'est le comte Jacques d'Artigues qui reparaît et qui veut retrouver son fils!... et punir le coupable !

Et le visage comme transfiguré par un rayonnement d'extase, l'Aristo leva ses grands yeux vers le ciel !

Furtivement, Medzigot essuya une larme qui perlait au coin de sa paupière et alluma une nouvelle cigarette pour masquer le trouble qui l'envahissait.

— Oui, mon vieux Jacques... oui, tu as raison! Toi, tu as un but maintenant à poursuivre... et fasse Dieu que tu réussisses! Pour moi, ce n'est pas la même chose ! Sans famille, sans parents, sans amis, je roule ma bosse depuis mon enfance et je vais la rouler encore jusqu'au jour où le Père Eternel trouvera qu'il est temps de l'arrêter.... Avec ces quelques rouleaux d'or que j'ai en poche, je vais tenter la fortune... Mes jambes sont bonnes, ma main est sûre, j'ai de l'œil et du souffle, et arrive qui plante ! Là-bas, le jockey anglais fait fortune... je vais être jockey anglais. Avec de la chance et pas de culbute au saut des haies, dans deux ou trois mois, je puis avoir le sac... Tu entends, ami... deux ou trois mois !

— C'est court !

— C'est suffisant! Ces gros pleins de bière allemands, on tâchera de les rouler dans les grandes largeurs, et quand j'aurai assez de florins et de carolus dans ma poche, je leur tirerai ma révérence ! Si je me casse le cou avant cet heureux jour, je n'aurai plus besoin de rien et mes quatre sous, je te les léguerai, mon cher Jacques !... Si ce n'est pas pour toi, ce sera pour ton fils ! Tu as été le seul ami que j'aie jamais eu et le vieux Medzigot, comme tu m'as baptisé si drôlement, ne l'oubliera jamais! Toi, grand seigneur, tu as tendu ta noble main à celle d'un pauvre enfant du peuple..... Ça, vois-tu Jacques... ça ne s'oublie jamais! C'est entre nous à la vie à la mort, et si jamais tu as besoin d'un aide, écris-moi dans le pays de la choucroute et du moss, et le lendemain, je serai ton homme!

Et Medzigot, les larmes aux yeux, tendit sa main à Jacques, qui la serra avec effusion.

— Et maintenant, quand nous reverrons-nous, ami ?

— Je l'ignore, Jacques! Depuis quinze jours, les hasards de la vie nous ont éloignés l'un de l'autre... et, aujourd'hui, notre séparation sera moins cruelle de ce fait! Toi, tu as évité de sortir de ta chambre pour ne pas rencontrer des visages de connaissance qui auraient pu trouver extraordinaire ta subite métamorphose... car, du jour au lendemain, on ne passe pas de la misère noire à une quasi-opulence, sans provoquer certaines réflexions désobligeantes, et comme rien ne nous prouvait que l'aimable De Lignolles n'ait mis sur notre compte l'histoire sinistre de la rue de Varennes, on s'est terré... Le De Lignolles s'est tu..... c'est ce qu'il avait de mieux à faire, car il était plus compromis que nous... lors même qu'il ne serait pas l'assassin du comte! Donc, aujourd'hui, tu peux te montrer sans crainte, surtout dans les pays perdus au fond de la Champagne ! Là... tu retrouveras ton fils..... après, tu verras ce que tu auras à faire !...

— N'aie crainte, Medzigot, tu sauras ce qui se passera là-bas !

— J'y compte ! Quant à moi, moi qui avais les mêmes motifs que toi pour ne pas laisser trop voir mon maigre visage, j'ai réussi à me faufiler dans les coins du paddock ! Pas fier pour deux sous, j'ai ramassé des bouts de cigares, des mégots... et j'ai ouvert les yeux et surtout les oreilles ! A Londres, pays du turf, il devait y avoir des courses... un canasson inconnu devait arriver dans un fauteuil... son propriétaire et son entraîneur mettaient dessus en veux-tu en voilà... c'était gagné d'avance et nul ne se doutait de ce qui allait se passer ! Moi, pas bête, je me défile... je pars pour l'Angleterre et je ponte sur le canasson tout ce qui me restait des cinq mille balles de De Lignolles ! Trois jours après, j'empochais la forte somme, cinquante-quatre mille six cent trente-deux francs ! Beau comme un astre et fier comme Artaban, je rentre à Paris avec les goussets et les poches bourrés de ces bienheureux fafiots, au tendre filigrane, que je n'avais depuis longtemps palpés que dans mes rêves ! Pour toi, pour moi, c'était l'existence assurée, c'était le bonheur pour de longues années... c'était le soleil après l'orage ! Le destin veut qu'il en soit autrement... soit ! Pendant que je gagnais à Londres, tu brisais le coffret de Sarah... et tu apprenais enfin la réalité, la retraite de ton fils et le métier de ces deux coquins associés dans la honte ! Ton devoir guide ta conduite... va ! Libres, avec quelques billets sérieux en poche, tâchons d'oublier le passé, mon pauvre Jacques, et d'être heureux un jour ! Tu vas à droite... je vais à gauche, mais ici où là, notre amitié restera aussi profonde, notre affection sera aussi sincère ! Dans deux heures, je pars pour Berlin... Ce soir, tu seras parti pour Troyes... Que nos destinées s'accomplissent, puisque c'est la fatalité qui les mène ! Allons, mon vieil ami... à la tienne... et que le bonheur nous accompagne, si c'est possible !

Et Medzigot, dont l'émotion faisait légèrement trembler la voix, versa dans les tasses vides une large rasade de la liqueur dorée qui scintillait dans la bouteille au cachet de cire jaune.

— A notre santé, Jacques !

— A la réussite de nos vœux, Medzigot... et quoi qu'il arrive, restons toujours amis !

— Ça, c'est juré ! Et si nous avons besoin de nous voir...

— Tu m'écriras à Hautmont, par Chènevrey, près Troyes, au nom de Jacques Fenoux...

— Et moi, voici mon adresse : John Grey, jockey à Berlin ! Il est vrai que Berlin est grand...

mais comme dans quinze jours on ne parlera que de moi, les facteurs teutons auront vite fait de connaître mon hôtel !

Et Medzigot ne put retenir un éclat de rire auquel Jacques répondit par un profond soupir !

Une heure après, sur le quai de la gare de l'Est, l'Aristo étreignait dans ses bras son ami.

Les deux hommes se séparèrent.

Medzigot prit place dans son compartiment, et tandis que le train s'ébranlait lentement, d'une main tremblante il fit un dernier signe d'adieu à celui qui, les yeux obscurcis par des larmes brûlantes, restait, immobile, la poitrine pressée et la gorge serrée...

Pendant dix minutes, Jacques resta plongé dans une sombre rêverie, les yeux toujours fixés sur la file des wagons qui, depuis longtemps déjà, avaient disparu...

Puis il tressaillit et son esprit revint à la réalité!

— Seul ! murmura-t-il : me voici donc encore seul !

Et lentement, il sortit de la gare.

Il était près de quatre heures du soir ; un vent froid et piquant sifffait sur la place de la gare de l'Est, et les passants, emmitouflés dans de longs pardessus, se pressaient hâtivement, faisant résonner le bruit sec de leurs pas sur le pavé glacé de la chaussée et du trottoir.

Instinctivement, Jacques d'Artigues releva le col de son paletot et s'engagea, après quelques hésitations, dans la rue du faubourg Saint-Denis, encombrée de passants affairés, de marchands de quatre-saisons et de voitures, dont le roulement lourd et criard jetait un bruit assourdissant au milieu de ce va et vient continuel.

Les deux mains enfoncées dans ses poches, le dos voûté, les yeux fixés devant lui, Jacques marchait d'un pas rapide ; son visage était presque entièrement caché par le col de son paletot relevé et par les bords de son large chapeau de feutre noir.

L'air glacial autorisait cette précaution.

Des flocons de neige, ternes et vaporeux, se mirent à voltiger çà et là, zébrant l'espace de leur blancheur immaculée et estompant d'une triste poésie cette rue bordée de boutiques et de magasins dans lesquels les becs de gaz commençaient à s'allumer.

Jacques se mit à marcher plus rapidement ; avant la tombée de la nuit, il avait hâte de regagner son logis.

Et tout à coup, il tressaillit...

Là, à dix mètres de lui, au milieu de la chaussée, un homme apparut à ses yeux étonnés...

Cet homme, coiffé d'un large chapeau à la *Boussingault*, vêtu d'une longue blouse blanche, le col serré par un foulard rouge, dont les pointes étaient agitées par la brise, marchait entre deux individus à la mine patibulaire et aux vêtements sordides et dépenaillés...

L'homme causait avec animation ; ses gestes étaient saccadés et un rire épais et continu sortait de sa gorge.

Cet homme n'était autre que le baron Frédéric de Lignolles... l'espion prussien Fritz Rosen...

A cette apparition soudaine, Jacques eut un brusque mouvement de recul.

Ses yeux se fixèrent ardemment sur cet homme, et, pendant dix secondes, il resta là, immobile...

Mais De Lignolles était passé, et son regard n'était pas tombé sur celui de Jacques.

— Que fait donc ici cet être néfaste ! murmura Jacques... Lui ! sous un tel accoutrement ! C'est impossible ! Et pourtant... non... je ne me trompe pas... c'est bien lui... c'est bien son visage !

Et instinctivement, il se retourna et le suivit, réglant sa marche sur la sienne, perdu dans la foule des passants...

De Lignolles, toujours flanqué de ses deux acolytes, avait gagné le trottoir opposé... A vingt mètres derrière lui, de l'autre côté de la chaussée, Jacques ne le perdait pas de vue.

Il rabattit davantage les bords de son chapeau

sur son front et s'engonça plus profondément encore dans le col de son paletot.

Seuls, ses yeux pouvaient être aperçus, si par hasard De Lignolles venait à se retourner...

Mais il ne se retourna pas !

Maintenant, il marchait d'un pas plus rapide; la neige tombait en abondance, et devant cette chevauchée floconneuse, il hâtait le pas, tout en continuant à gesticuler et à parler avec animation aux deux hommes qui l'accompagnaient.

Tous trois arrivèrent bientôt au haut du faubourg Saint-Denis ; puis, ils tournèrent à droite, passant devant la gare de l'Est, et s'engagèrent dans le faubourg Saint-Martin...

Là, l'animation était moins grande; la nuit commençait à tomber rapidement et les passants étaient clairsemés.

Jacques, dans la crainte d'être brusquement surpris, avait ralenti le pas; maintenant, il était à plus de trente mètres en arrière et sa vue perçante ne quittait pas la silhouette de ceux qui marchaient devant lui.

Après avoir traversé le canal, les trois hommes s'engagèrent dans la rue d'Allemagne, déjà éclairée par de rares becs de gaz, dont la lumière blafarde s'apercevait de loin en loin à travers les tourbillons de neige.

Rassuré par cette demi-obscurité, Jacques s'enhardit et s'avança plus rapidement, ne laissant plus qu'un intervalle de quelques mètres à peine entre De Lignolles et lui.

Et brusquement, il éprouva une commotion violente, quand la voix de cet homme vint lui frapper les oreilles.

Il s'approcha davantage.

Cet homme, qu'il avait cru ne pas reconnaître d'abord, cet homme qu'il était sûr de ne pas avoir perdu de vue depuis une grande demie-heure, parlait avec un accent étrange... Il s'exprimait en allemand et ses deux acolytes lui répondaient dans la même langue !

Le baron Frédéric de Lignolles, dont le parler sonore et hautain était connu dans tous les salons mondains, le beau Fred, qui débitait des paroles mielleuses à toutes les héritières du faubourg Saint-Germain et à toutes les acteuses des petits théâtres de la rive droite, cet élégant, fêté et choyé, dont la verve et le bagout intarissable faisaient la joie de toute la réunion du monde où l'on s'amuse, ce parisien jusqu'au bout des ongles, avait la lourde et traînante prononciation d'Outre-Rhin, et parlait avec le plus pur accent la langue des bords de la Sprée...

C'était impossible !... Et pour en avoir le cœur net, Jacques s'avança rapidement, dépassa les trois hommes et marcha rapidement devant eux...

Arrivé auprès d'un bec de gaz, il s'arrêta net... puis, plongé dans une sorte de pénombre discrète, il attendit...

De Lignolles arriva à son tour et passa sous la lueur qui tombe directement sur son visage !

Jacques vit cet homme, et encore une fois il tressaillit.

C'était bien Frédéric de Lignolles, c'était bien l'amant de la belle Sarah, c'était bien l'être infâme dont il avait appris l'odieux métier par les lettres trouvées dans le coffret d'argent du comte d'Etiolles.

Il ne s'était pas trompé, et cette subite métamorphose confirma ce qu'il avait lu, le lendemain du meurtre de la rue de Varennes !

Et tout en lui laissant reprendre une certaine avance, Jacques continua d'épier cet homme, essayant de surprendre des bribes de conversation, tâchant de comprendre quelques mots de cette langue qui ne lui était pas absolument étrangère...

Et subitement, les trois hommes disparurent dans l'allée sombre d'une sordide maison de la rue d'Hautpoul, en face du cimetière...

Jacques crispa ses poings de dépit et, en quelques enjambées, arriva devant la porte qui s'était refermée sur De Lignolles et ses acolytes.

Ni boutique, ni fenêtres ne se voyaient au rez-de-chaussée ; et seules, au premier étage, au milieu des lézardes et des hiatus du mur, deux sortes d'immenses lucarnes, aux volets clos, tranchaient sur la façade. Accrochée au-dessus de la porte, une plaque de fonte émaillée indiquait le numéro de la maison... c'était le 22 bis.

Les boutiques avoisinantes étaient plongées dans une demi-obscurité et faisaient paraître encore plus sombre l'immeuble dans lequel De Lignolles avait disparu ; en face d'un établissement de marchand de vins-traiteur, sortaient par instant, au moment où la porte s'entrouvait, des cris confus et des rires sonores ; à gauche, se trouvait une crèmerie-fruiterie, dont les carreaux, recouverts d'une couche de crasse, ne laissaient traverser qu'une lueur indécise... A droite, un magasin à louer.

Pendant un instant, Jacques resta là, immobile, indécis, hésitant...

Entrer dans cette maison et demander les noms de ceux qui venaient de s'y introduire ?

C'était impossible... il n'y avait sans doute pas de concierge et c'était risquer beaucoup pour obtenir un résultat insignifiant...

S'adresser aux boutiquiers voisins ? Demander quelle était cette demeure ?

C'était donner l'éveil...

Si de Lignolles fréquentait ou même habitait cette sordide maison, il n'y était certainement pas connu sous son nom de baron, et il ne pourrait arriver à connaître ce qu'il désirait savoir...

S'adresser au commissaire de police... Demander quelle était cette bâtisse délabrée et sordide qui portait le n° 22 de la rue d'Hautpoul ?

A quel titre faire une telle interrogation ?

Que répondre aux questions du commissaire ?

Le passé était là...

Mieux valait se taire ! Car, avec les gens de police, tout était à craindre, surtout quand on était dans sa situation !

Et Jacques, après une longue attente devant cette porte, qui restait toujours close, traversa la chaussée, fit quelques pas sur le trottoir et contempla longuement cette maison mystérieuse !

La neige, en gros flocons tumultueux et serrés, tombait en décrivant dans l'espace d'épais tourbillons et masquait presque complètement cette sombre demeure ; nulle lumière n'apparaissait derrière les volets des lucarnes, nul bruit ne se faisait entendre...

— Devrais-je rester là toute la nuit, murmura Jacques, j'en aurai le cœur net.... je veux savoir... et je saurai !

Et traversant encore une fois la chaussée, il vint se placer devant la porte de cette maison...

Le col de son paletot cachait son visage, son chapeau, aux bords rabattus, masquait le bas de son front, et grâce à la neige qui tombait toujours épaisse et serrée, nul n'aurait pu reconnaître ses traits...

Et là, immobile, plongé dans l'obscurité et collé contre le mur, il attendit...

Deux longues heures se passèrent ; la nuit était complètè et la rue était à peu près déserte...

Derrière la porte, un bruit de pas se fit entendre... Jacques eut un léger traissaillement et s'éloigna de quelque pas...

Un instant après, la porte s'ouvrait et de Lignolles apparaissait sur le seuil.

Le baron Frédéric était toujours vêtu de sa longue blouse blanche et coiffé de son chapeau... Seulement, une immense pelisse de fourrure recouvrait sa blouse et l'enveloppait des pieds à la tête...

Après avoir tiré la porte derrière lui, de Lignolles remonta la rue d'Hautpoul et s'engagea dans la rue d'Allemagne.

A vingt mètres en arrière, Jacques le suivait ; l'épaisse couche de neige qui recouvrait les trottoirs et la chaussée amortissait le bruit de ses pas et les flocons, qui tourbillonnaient toujours avec autant d'impétuosité, masquaient en partie sa présence...

Arrivé à l'entrée de la rue d'Allemagne, au coin de la place de la Rotonde, de Lignolles s'arrêta devant un fiacre qui stationnait...

Il en ouvrit la portière, et à peine était-il installé sur la banquette, que le cocher, sans attendre la moindre adresse ou le moindre signe, enveloppait son cheval d'un magistral coup de fouet et la voiture partait d'une allure rapide...

Quelques secondes après, elle avait disparu !

Jacques, en voyant échapper celui dont il voulait à tout prix suivre la piste, ne put retenir un cri de rage et d'effroi...

Et là, immobile, à la place même où quelques secondes auparant se trouvait la voiture, il resta anéanti...

— Malédiction ! cet homme m'échappe... et je ne puis savoir où il va... N'importe, nous nous retrouverons tôt ou tard... et alors, alors je le démasquerai au grand jour !

Pendant un instant, il hésita sur le chemin qu'il devait prendre.

Puis, brusquement, il revint sur ses pas ; il remonta la rue d'Allemagne et s'engagea dans la rue d'Hautpoul.

Arrivé devant la boutique du marchand de vins située en face de la maison mystérieuse, il s'arrêta un instant...

Puis, brusquement, il entra.

La salle était à peu près vide ; le patron, gros homme à la figure apoplectique, somnolait derrière son comptoir.

— Pardon, dit Jacques en lui tapant légèrement sur l'épaule, quelle est donc cette maison, située en face de chez vous et qui porte le n° 22 bis ?

Tiré de son sommeil, le patron sursauta, ouvrit les yeux et, à la vue de ce client mis avec élégance, il finit par se lever.

Jacques répéta sa question.

— En face ? répondit le cabaretier d'une voix enrouée ; c'est pas une maison, c'est une boîte !

— Une boîte ? Q'appelez-vous une boîte ?

— C'est un « club », si vous aimez mieux ! C'est là que se réunissent quasiment tous les soirs, voire même dans l'après-midi quelquefois, des imbéciles qui font de la politicaillerie !

— De la politique... ici... à la Villette ?

— Faitement ! Ça vous étonne... mais c'est comme ça !

— Un club politique... c'est bizarre !

— Plus qu'idiot, même ! Et si notre Empereur était moins bon.. mais sufficit... il y a des oreilles là-bas !

Jacques, complètement interloqué, regarda avec plus d'attention celui qui lui parlait ainsi.

— Je ne comprends pas ! fit-il en s'approchant de plus près.

— C'est pourtant pas de l'hébreu, ce que je dis! Là-dedans se réunissent un tas de braillards qui ne rêvent que chambardement... c'est des républicains, des rouges... des ennemis de notre brave Empereur, quoi! Et si j'étais quelque chose aux Tuileries, y a belle lurette que j'aurais envoyé à Mazas d'abord, et à Cayenne ensuite, toute cette clique! Mais je suis rien dans le gouvernement... alors... vous comprenez? Que faut-il vous servir?

Jacques voulait savoir... il était venu pour ça!

Le patron était loquace, il devait en connaître beaucoup plus qu'il venait d'en dire... Donc, il fallait jouer le tout pour le tout!

— Que me permettez-vous de vous offrir?

Et c'est avec un gracieux sourire qu'il répondit:

— Mais commandez vous-même, cher monsieur!

Un air de béatitude apparut sur le visage couperosé du cabaretier.

— Bien aimable! Moi, je ne prends que de la fine!

— Versez-nous donc deux fines, dans ce cas... Et de la fine... fine, n'est-ce pas?

Les deux hommes trinquèrent.

— Ainsi, reprit Jacques, le gouvernement sait ce qui se passe ici, il est au courant de ce qui se trame contre lui et il laisse faire et dire?

— Heu... c'est-à-dire qu'il connaît sans connaître! Ce n'est pas facile d'entrer là, ni de pincer les braillards... La maison a deux ou trois entrées et autant de sorties... et y faudrait pas que la police se hasarde à mettre la patte là-dedans !

— Et... pourquoi ?

— Parce que celui qui y entrerait n'en sortirait pas, voilà tout !

— C'est un coupe-gorge, alors ?

— Vous l'avez dit ! Et il ne ferait pas bon d'aller leur parler trop près sous le nez, à ces propres à rien !

— Ah ça... vous les connaissez donc ?

— J' vas vous dire... je les connais sans les connaître !...

— Comment cela ?

— De temps en temps, on vient chercher ou apporter des commissions... et quand la porte d'en face est fermée, c'est ici que les commissionnaires viennent boire un verre en attendant ! Moi, j' dis rien... le commerce avant tout, pas vrai ? Mais comme j'aime mon Empereur, j' prête l'oreille en servant les verres... et quéquefois, j'en entends de belles... quand ils ne parlent pas allemand !

— Allemand... ils parlent quelquefois allemand ?

— Tiens, c'te bêtise ! Y a pas que des Français dans c'te boîte... il vient des têtes qui ne me plaisent qu'à moitié... des têtes d'Englich... des têtes d'Alboches, des têtes de choucroutmann.....

et faudra, qu'un de ces jours, j'aille raconter tout ça au commissaire, quoi ! Ça me fera rien rire de les voir coffrer, quoi ! On redouble, pas vrai ? C'est ma tournée...

Le cabaretier remplit les deux verres d'un liquide jaunâtre, à l'âcre relent, qu'il décorait du nom pompeux de Fine champagne... et choqua son verre contre celui de Jacques.

— A la vôtre !

— A la vôtre, cher monsieur !

— Vous êtes journalisse, pas vrai ? reprit le mastroquet en posant son verre vide sur le coin du comptoir... Eh bien, si vous voulez avoir des idées pour écrire vos articles, venez un de ces jours, vers les six heures, un samedi de préférence... et derrière les volets de la chambre du premier, vous verrez sans être vu !... Ah pour sûr que vous en reluquerez de ces têtes d'Alboches et de ces types de révolutionnaires de 48. Vrai de vrai..... on se croirait parfois au Mardi-Gras !

— Ce n'est pas de refus, cher monsieur... Effectivement, je suis journaliste, j'écris même des romans, et c'est pour l'un d'eux que je venais rôder par ici ce soir, quand j'ai eu la bonne idée de venir vous demander des renseignements !

A la pensée que ce monsieur si bien mis, et qui lui parlait de façon amicale en trinquant avec lui, était un journalisse qui écrivait des romans, le visage du cabaretier s'était épanoui dans toute sa rubiconde ampleur !

Et le digne homme allait offrir une troisième tournée de « fine », quand une bande de consommateurs entra dans son établissement.

— A l'un de ces jours, cher monsieur ! dit Jacques en serrant la main qu'on lui offrait avec empressement ; et, en déjeûnant en tête à tête, vous me raconterez des histoires de brigands... pour mes romans !

— Ayez pas peur... vous en verrez de ces types... et vrai, vous aurez un riche succès dans votre feuilleton !

Malgré ses insistances réitérées, le patron du cabaret ne voulut pas que son ami le « journalisse » lui payât ses consommations...

Et il le reconduisit jusque sur le seuil de sa boutique, tout en lui faisant jurer, pour la dixième fois au moins, de ne pas manquer de revenir l'un de ces jours... de préférence un samedi !

Jacques promit et sortit.

Une fois dans la rue, il regarda encore une fois cette maison mystérieuse, toujours plongée dans l'obscurité la plus profonde et dans le silence le plus complet. Puis il regagna la rue d'Allemagne.

Tout en marchant d'un pas rapide, il repassait dans sa mémoire ce qu'il venait de voir et ce qu'il venait d'entendre...

Ce de Lignolles, espion au service de la Prusse, que venait-il donc faire dans ce « club » ; quelles intelligences pouvait-il avoir dans ce quartier populacier de la Villette ?

Que signifiaient ces accointances avec ces hommes dépenaillés, avec ces fauteurs de troubles, avec ces gens s'occupant de politique... de politique révolutionnaire ?

Exerçait-il donc son métier dans ce milieu ? Espionnait-il donc maintenant la lie du peuple, après avoir espionné la haute société ?

Et l'esprit hanté par cette subite métamorphose, Jacques rentra dans le modeste logis qu'il occupait au coin de la rue St-Jacques et de la rue Royer-Collard...

Là, il mit en ordre quelques papiers, prit sur lui le contenu du coffret de la comtesse Sarah, ferma son tiroir à clé et sortit...

— Allons au plus pressé ! murmura-t-il sourdement. Lui..... lui avant tout, les autres après ! Le bonheur d'abord... le châtiment ensuite !

Deux heures après, un train omnibus emportait lentement Jacques d'Artigues, dit « l'Aristo », vers les plaines de la Champagne.

VII

LE TRÉSOR

Comme la veille au soir, la comtesse d'Etiolles avait renvoyé sa femme de chambre de bonne heure, prétextant une violente migraine...

Puis elle s'était mise au lit, défendant sa porte avant son appel.

Et dès que Marietta eut disparu, Sarah poussa un long soupir.

Immobile sous le lourd baldaquin de peluche bleue qui drapait son lit, les yeux grands ouverts, elle laissa errer sa pensée...

Un tintement sec la fit tressaillir... elle se leva à demi sur son coude et regarda la pendule...

C'était le quart de dix heures qui venait de sonner.

— Je vais être en retard! murmura-t-elle faiblement...

Et elle sauta à bas de son lit.

Avec une rapidité dont elle ne se rendait pas compte elle-même, Sarah s'habilla; puis elle jeta sur sa tête et sur ses épaules une épaisse mantille de dentelle noire, et après avoir pris sur la cheminée un réticule, qu'elle mit dans sa poche, elle saisit d'une main ferme la veilleuse qui jetait, dans cette chambre de grande mondaine, une lueur terne et indécise, et sortit...

Comme la veille au soir, elle parcourut sans bruit les chambres et les corridors déserts de son luxueux appartement, et rentra dans le petit salon attenant à la pièce où le comte avait été assassiné.

Dans ce véritable boudoir, aux tentures d'un bleu tendre, aux murs lambrissés d'étoffes d'un bleu plus foncé, capitonnées de gros boutons d'or, elle resta un moment indécise, la poitrine oppressée et les yeux fixés sur les larges bandes de calicot cachetées de cire rouge qui scellaient la porte de la chambre du comte d'Etiolles...

Puis un éclair brilla dans son regard... et s'approchant d'une des tentures, elle la souleva et appuya un doigt sur une des moulures de bois laqué qui formaient l'encadrement...

Comme la veille, le panneau tourna sur lui-même et, sans bruit, démasqua une béance obscure...

Sarah fit un pas en avant, laissa tomber la tenture, et disparut dans ce couloir...

Le panneau reprit sa place.

Sarah se trouva plongée dans une obscurité profonde ; elle étendit la main et, à tâtons, elle s'avança dans ce long et étroit corridor, dans lequel elle venait de pénétrer d'une façon si mystérieuse.

Pendant dix minutes, elle marcha ainsi...

Puis, brusquement, une bouffée d'air froid vint frapper son visage et elle ralentit le pas.

Avec des précautions infinies, elle parcourut quelques mètres encore et s'arrêta.

A ses pieds, se trouvait l'entrée d'un escalier aux marches de pierre usées et humides.

Etreignant d'une main une corde fixée au mur par des anneaux placés de distance en distance, s'appuyant de l'autre main contre les parois de la muraille, suintant l'humidité, Sarah se mit lentement à descendre une vingtaine de marches, glissantes et grasses.

Arrivée au bas de cet escalier en colimaçon, elle s'arrêta de nouveau...

Une porte de fer était devant elle.

Après avoir palpé dans l'ombre cette surface recouverte d'aspérités et de rouille, elle appuya fortement son pouce sur une sorte de bouton plus proéminent que les autres; un léger bruit se fit entendre, et Sarah tira la porte sur elle, porte qui s'ouvrit en produisant un léger grincement...

Une seconde après, la porte se refermait, et Sarah se trouvait dans un terrain vague, attenant à la rue Barbet-de-Jouy.

Onze heures sonnèrent lugubrement au clocher d'une église voisine.

La rue était déserte et quelques rares becs de gaz projetaient leur lueur vacillante sur les maisons silencieuses ; de gros nuages gris faisaient présumer une proche avalanche de neige et le vent s'engouffrait par rafales dans ce quartier morne et morose.

Sarah, après avoir lancé un coup d'œil rapide autour d'elle, releva le bas de sa jupe, et d'un pas délibéré, s'engagea sur le boulevard des Invalides, après avoir eu soin de rabattre sa mantille sur son visage.

Pendant une demi-heure, elle marcha ainsi, tantôt sur le trottoir, quand la rue était déserte, tantôt au milieu de la chaussée, quand la lumière des réverbères tombait trop crue ou que des pas de noctambules attardés se faisaient entendre...

Essoufflée, le front couvert de sueur malgré le froid vif et piquant, elle s'arrêta enfin devant une maison de chétive apparence, située presque à l'entrée de la rue Jean-Nicot, derrière la manufacture des tabacs.

Cette maison, élevée de deux étages seulement, et dont la boutique du rez-de-chaussée avait sa devanture garnie de barreaux de fer, était plongée dans l'ombre ; la porte était fermée par un large volet et au-dessus de l'imposte, une plaque de zinc se balançait au vent en grinçant d'une façon sinistre.

Sur cette plaque de zinc, deux mots se distinguaient, malgré l'obscurité :

SAMUEL

Cordonnier

Sarah, après avoir regardé de tous côtés pour s'assurer qu'aucun être indiscret ne se trouvait derrière elle, frappa trois coups secs et espacés contre le volet...

Puis, elle attendit.

Son attente ne fut pas de longue durée ; au bout de quelques secondes, un bruit de pas se fit entendre, une clé tourna dans la serrure et la porte s'ouvrit.

Un instant après, elle était arrivée dans une chambre exiguë, située au fond de la boutique, et dont l'âtre, chargé de débris de bois, éclairait vivement les murs nus et constellés de taches et de poussière.

Debout devant elle, se tenait un homme de quarante à quarante-cinq ans à peine, grand, robuste, au visage dur et expressif et dont la barbe, aux fauves reflets, s'étalait largement sur sa poitrine.

Sa main droite était entourée de linges maculés de gouttes de sang.

A terre, sur des planches posées contre le mur,

sur un établi bas et noir de cirage et de poix, des chaussures de toute forme et de tout acabit, s'étalaient çà et là ; une odeur de cuir et ds cire remplissait la chambre, et dans l'âtre, mêlées aux bûches, quelques brindilles de rognures, de semelles et de talons exhalaient des émanations âcres et nauséeuses...

Au plafond, strié par de larges poutres, des lames de cuir étaient accrochées ainsi que des bottes, des guêtres et de longs écheveaux de fil de chanvre, tandis que sur le rebord de l'établi des sébiles de bois s'alignaient en laissant miroiter à la lueur du foyer les éclats ténus des clous, des cabochons, des semences et des vis de cuivre, dont elles étaient à moitié remplies.

Et çà et là, au milieu du papier de verre et des morceaux de vitre, des alènes, des tranchets, des lames aigues, des limes râpeuses, des outils et des polissoirs s'étalaient dans un désordre complet.

— J'avais peur de ne pas te voir ce soir, Sarah ! dit l'homme en déposant un baiser sur le front de la comtesse d'Etiolles.

— Tu as eu tort, Samuel... j'avais besoin de te voir aujourd'hui même, et tu sais que rien ne m'aurait empêcher de venir !

— Qui sait ? Malgré toutes tes promesses, je craignais...

— Tu me connais, Samuel... Quand je veux, je veux !

Et se levant, Sarah frappa durement sur l'épaule de celui qu'elle venait de nommer Samuel.

— C'est mon affection, Sarah, qui était la seule cause de mes craintes... et tu dois comprendre que, moi aussi, je t'attendais avec impatience !

— Craindre ? Qu'avais-tu donc à craindre ?

— Rien... et tout !

— Pour qui ?

— Pour toi !...

— Aurais-tu peur, Samuel ?

— Non... tu le sais ! Mais si pour moi je n'ai peur de rien, il n'en est pas de même quand il s'agit de toi !

— De moi ? A quel sujet ?...

— Tu le devines, sans doute...

— Allons, tu vieillis, mon pauvre Samuel... Quelques minutes de retard te plongent dans l'inquiétude...

— Tu devais être ici à minuit, Sarah !

— Il n'est pas encore minuit, Samuel... et je suis ici ! Maintenant, parle... ce qui s'est passé là-bas, je le sais... et peu m'importe d'ailleurs ! Une chose m'intéresse davantage...

— Ton or, Sarah !

— Oui... mon or !

Ces deux êtres, assis devant l'âtre, offraient une

ressemblance étrange. Bien que vivant dans un milieu social différent, une conformité de traits et de lignes apparaissait sur leurs visages, et leur habitus extérieur, malgré le costume qui le différenciait, était presque identique...

Comme Sarah, Samuel était d'un blond ardent ; leurs yeux étaient bleus, expressifs, leur regard profond et hautain, et sur les lèvres rouges et épaisses du cordonnier, au torse musculeux, apparaissait la même sensualité que sur celles de la belle Sarah.

Cette extraordinaire ressemblance était fort compréhensible.

Samuel était le frère de Sarah et chez l'un comme chez l'autre, les caractères héréditaires de la race israélite se rencontraient dans toute leur pureté.

Malgré la différence du milieu social où ils vivaient, le cachet spécial de leur origine restait gravé d'une façon indélébile, aussi bien sur l'humble artisan que sur la femme adulée du grand monde.

Aux dernières paroles de Sarah, Samuel se leva et se dirigea vers le fond de l'arrière-boutique.

Jetées en désordre à même sur le plancher, un tas de larges feuilles de cuir étaient appuyées contre le mur ; Samuel les prit une à une et les déposa sur un amoncellement de débris de toutes sortes qui gisaient dans un coin...

— Eclaire-moi, Sarah ! dit-il, quand le plancher fut mis à découvert.

Sarah prit la lampe et s'approcha.

Samuel se mit à genoux, et de sa main valide écarta la poussière qui recouvrait les lames du parquet.

Puis, à l'aide d'un tire-point introduit dans l'interstice de ces lames, il écarta une des planches.

Quelques instants après, une large béance apparut, maculée d'un mélange de plâtre, de cendres et de gravois...

Avec précaution, il retira cette couche de menues décombres et mit à nu une plaque de fer.

— Donne-moi une pince, Sarah ! dit-il à voix basse ; là... au coin de l'établi...

Sarah tendit à son frère une pince d'acier.

— Il n'y a personne dans la chambre du haut ? dit-elle avec anxiété.

— Non... Depuis plus de quinze jours, la chambre est vide ! Eclaire-moi davantage.

Un à un, il dévissa les quatre boulons qui scellaient la plaque de fer ; puis, avec le tirepoint, il la fit sauter.

Un trou apparut à la lueur de la lampe.

Là, se trouvaient entassés avec un soin méticuleux des sacs de toile, des liasses de billets de banque, des enveloppes gonflées, des bourses aux maillons d'acier et un minuscule coffret.

— Voilà ta fortune, sœur ? fit-il en montrant à Sarah ce véritabe trésor. Veux-tu le compter encore ?

Sarah, les yeux brillants et la respiration angoissée, contemplait ce trésor...

Penchée en avant, la lampe laissait tomber ses pâles rayons sur ces papiers sombres, sur ces sacs rebondis, sur l'acier aux mille reflets...

Et dans cette chambre étroite, éclairée par les lueurs rougeâtre de l'âtre, les deux silhouettes de ces êtres se projetaient contre le mur et, seuls, la respiration rude de Sarah et le monotone tic-tac d'un coucou accroché au-dessus de la cheminée, troublaient ce sinistre silence !

— Compte ton trésor, Sarah ! reprit lentement Samuel.

Sarah tressaillit...

— C'est inutile ! dit-elle d'une voix brève... Donne-moi seulement l'enveloppe...

Samuel étendit la main et retira l'enveloppe de la cassette.

— La voilà... Tu vois... je n'ai même pas cherché à savoir ce qu'elle pouvait contenir.

D'une main fébrile, Sarah prit l'enveloppe et l'ouvrit...

Puis elle s'approcha de l'établi et retira le contenu de cette vaste enveloppe de papier épais...

Elle contenait, par paquets de dix billets de banque, trois cent mille francs...

Pendant un quart d'heure, Sarah repaissa sa vue de ses billets aux figurines allégoriques, aux filets bleus, au toucher soyeux, les froissant, les palpant, les caressant... Ses yeux brillaient étrangement, une coloration violente avait empourpré son visage et les chocs précipités de son cœur frappaient sourdement contre sa poitrine...

— C'est peu ! dit-elle en relevant la tête ; les papiers du comte valaient vingt fois plus !

— Je ne sais... on t'avait promis davantage, ma sœur ?

— Non... je n'ai pu avoir davantage !... Mais si c'était à refaire...

— Tu es pourtant assez riche, Sarah !

— Riche ?

— N'as-tu pas là au moins trois millions... en or, en billets et en pierres précieuses ?

Sarah laissa échapper un rire moqueur !

— Trois millions ! Et tu appelles cela la richesse, mon pauvre Samuel ?

— Que veux-tu donc ? Autrefois...

— Autrefois, c'est le passé, Samuel... et j'étais heureuse quand, les pieds nus, le ventre vide et les membres bleuis par le froid, je trouvais un morceau de pain dans notre vieille chaumière d'Ansbach ! Oui, autrefois, quand mourant de faim et le corps gelé, j'allais de porte en porte mendier une écuellée de soupe que les chiens avaient abandonnée, j'étais heureuse quand j'avais mangé à ma faim ! Mais autrefois, Samuel, c'était autrefois !... Et c'est parce que je me souviens du passé et du bourreau d'Ansbach, que je songe à l'avenir !... et à son avenir !

Et les lèvres frémissantes, Sarah serra contre sa poitrine la liasse de billets de banque...

— Moi aussi, j'ai souffert, Sarah !... Comme toi, j'ai eu froid et faim, comme toi j'ai été chassé de partout ! Comme toi, plus que toi, ma pauvre Sarah, j'ai senti la rage me broyer le cœur et la honte envahir mon cerveau ! Et pourtant, aujourd'hui, je ne maudis plus ce passé si triste !... Car, c'est lui, lui seul, qui m'a donné le courage et la force d'accomplir mon serment ! Car, tu n'oublies pas, Sarah !...

— Jamais ! Et si je suis riche, si je veux l'être encore davantage, c'est pour que ma vengeance soit à la hauteur de ma haine !... Qui je suis réellement, toi seul le sais, mon frère... et tu sais aussi que mes serments n'ont jamais été vains ! La paria d'autrefois, la misérable créature de jadis n'existe plus, c'est vrai... mais son cœur est toujours saignant, et la millionnaire d'aujourd'hui peut faire ce que la vagabonde d'Ansbach ne pouvait accomplir !

— Je le sais, Sarah... j'en ai eu les preuves !

— Crois-tu donc, Samuel, que pendant vingt ans, j'ai amassé cet or pour le simple plaisir de me repaître de son éclat à ma guise? Crois-tu que j'ai amassé ce trésor pour satisfaire une ridicule cupidité ? Non... mon but était plus noble et ma tâche plus grande ! Cet or, que je t'ai confié depuis tant d'années, cette fortune qui s'est agrandie chaque jour et dont tu as été le gardien fidèle, ai-je jamais pensé à en profiter? Non... tu le sais ! Ces richesses improductives augmentent, augmentent sans cesse, et jusqu'au jour où j'en aurai besoin, elles resteront là, sous ta garde ! Cet or est destiné à un but sacré... il doit servir à assouvir notre vengeance et à l'heure, heure proche, je l'espère, où je pourrai enfin agir, je le jeterai à tous les vents sans regrets, sans amertume, sans remords ! Je redeviendrai pauvre, loqueteuse, vagabonde s'il le faut, mais ma haine sera assouvie !

Et Sarah, s'approchant du trou béant, y jeta les paquets de billets qu'elle tenait entre ses mains...

— Tu es la maîtresse, Sarah ! fit Samuel ; je suis ton esclave, tu le sais... tu ordonnes, j'obéis et je n'ai pas à te demander compte de tes volontés !... Cet or est tien... aujourd'hui comme hier.

— Il est le tien aussi, frère... je te l'ai dit cent fois ! Prends ce que tu veux...

— Moi ! Pourquoi faire ? Je travaille et le gain de mon labeur me suffit... Donc, que ferai-je de cet argent ?

— Je t'avais dit que pour le service de l'autre soir...

— Je n'ai besoin de rien, Sarah !

— Tu voulais pourtant retourner à Ansbach ?

— Oui... le jour où tu n'auras plus besoin de moi, j'irai là-bas... mais c'est quand notre serment sera accompli !

— Ce sera bientôt, alors !

Pendant un instant, il se fit un silence...

Samuel remit la plaque de fer à sa place et ajusta les lames du parquet sur la béance mystérieuse...

Puis les feuilles de cuir masquèrent complètement l'endroit où était enfoui ce trésor.

Les deux êtres, qu'un passé si terrible unissait par une chaîne indissoluble, se rapprochèrent de l'âtre.

— Et l'autre ? fit Sarah brusquement.

— L'autre ? J'ai fait ce que tu m'avais commandé...

— Tu l'as tué ?

— Ne me l'avais-tu pas ordonné ?

— Il le fallait... il avait notre secret et sa disparition était fatale ! Comment as-tu fait ?

— Ce que tu avais prévu arriva ! Affolé par l'amour que tu lui avais inspiré depuis si longtemps déjà, celui que tu avais choisi pour exécuter tes ordres accomplit sa mission sans remords et sans crainte... Son crime une fois perpétré, il vient ici... et ce fut moi qu'il trouva en ton lieu et place !... A ma vue, il tressaillit, et pendant vingt secondes, il resta interdit... De mon mieux, je le rassurai, et cet homme, dont la main n'avait pas tremblé devant le comte d'Etiolles, se mit à pleurer comme un enfant !

— La comtesse Sarah ne peut vous voir ici ! lui dis-je ; à la dernière heure, elle m'a fait prévenir et c'est dans un hôtel de la rue de Bellechasse que je dois vous conduire... Venez... et c'est à elle même que vous remettrez les papiers... de la rue de Varennes !

Un éclair brilla dans son regard et sans méfiance il me suivit.

Sous son bras, il portait une large serviette de maroquin, la serviette de ton mari, Sarah ; et à ses plis gonflés et distendus, je compris que le coffre-fort du comte avait livré les pièces que tu convoitais.

Nous sortîmes...

Comme ce soir, la nuit était profonde ; les rues

étaient désertes et les rares passants marchaient d'un pas trop rapide pour faire attention aux deux hommes qu'ils croisaient.

Comme un homme ivre, ton affolé d'amour marchait en titubant ; les yeux fixés à terre, il me suivait sans voir où nous allions, sans parler, sans comprendre ! Tout entier à ta pensée, il croyait aller à l'amour... et il allait à la mort !

Ma ligne de conduite était toute tracée... dans la journée, dès que j'eus reçu ta lettre secrète, j'avais dressé mon plan et j'étais sûr du succès... Le trottoir du quai d'Orsay était en réparation... c'était là que le seul témoin du crime de la rue de Varennes devait disparaître... Et il disparut !

Au milieu des blocs de pierre, des tas de sable et des sacs étalés à terre, il marchait devant moi... la lueur des becs de gaz était nulle, la chaussée était déserte et le bruit de la Seine troublait seul le silence... Je m'approche, je saisis l'homme, il trébuche, il tombe...

Et là, étreignant sa poitrine sous mes genoux, je l'étrangle...

Une minute après, l'assassin de ton mari était mort à son tour; je portais son cadravre pantelant sur la berge... et dix secondes après, il disparaissait sous le remou des eaux noirâtres de la Seine !

Onze heures sonnèrent lugubrement à l'Hôtel des Invalides...

J'avais encore une heure devant moi... je rentrai ici et j'ouvris la serviette, tachée çà et là de larges gouttes de sang...

Elle contenait les plans de mobilisation de la frontière de l'Est, des dossiers annotés à l'encre rouge et quelques billets de mille francs...

Je mis cette liasse de papiers sous mes vêtements et je sortis.

Devant une bouche d'égout de la rue de Rivoli, je jetai la serviette et, certain désormais que la police égarerait ses recherches sur toutes les pistes, excepté sur toi et sur moi, j'allai à la maison du Palais-Royal...

On m'y attendait... moi ou celui qui viendrait de ta part... Je prononçai le nom de Hans et j'entrai...

Dix minutes après, un valet me remettait l'enveloppe que tu viens d'ouvrir et je partis...

Place du Théâtre-Français, j'expédiai un télégramme à Nice, à l'adresse de Marietta Lütz... il contenait les mots convenus entre toi et moi...

Il y a bientôt trois semaines de cela, Sarah, et depuis cette nuit tragique, j'attendais ta visite avec... impatience !

Il se fit un long silence.

Sarah avait écouté son frère avec une émotion poignante ; ses yeux avaient brillé étrangement pendant ce long récit, et de sa gorge oppressée sortait un souffle rauque et profond...

— Et le cadavre de Karl ? fit-elle brusquement.

— On ne l'a pas retrouvé... accroché sous un bateau, on ne le retrouvera peut-être jamais !

— Mais, si un jour...

— N'aie crainte, Sarah... j'avais fouillé ses poches, et ce qu'elles contenaient, je l'ai brûlé dans cet âtre !

Sarah se leva.

— Merci, Samuel ! dit-elle d'une voix brève ; ceux qui reposent dans le coin de terre maudit du cimetière d'Ansbach voient que nous avons accompli nos serments !

— Pas tous, Sarah !... Il nous reste encore...

— Patience, Samuel... patience! Si notre vengeance est lente dans ses effets, elle n'en sera que plus terrible ! Adieu...

— Quand te reverrai-je, Sarah ?

— Je ne sais ! Tu dois comprendre que, malgré tout, je sens que la police a les yeux fixés sur moi... je suis forcée de rester rue de Varennes, car ce serait me trahir que de vouloir exécuter nos projets. L'assassin du comte ne sera jamais trouvé ; mais on me surveille... on m'accuse d'être son complice ; or, les preuves de cette complicité, proches ou éloignées, ne peuvent rien contre moi ! Donc, il faut attendre, et j'attends, Samuel.

— Toujours attendre !

— Moins longtemps peut-être que tu ne le crois !... Avant six mois, je serai libre... entièrement libre, et alors nous pourrons, tous, tu entends, tous, agir au grand jour !

— Que veux-tu dire, ma sœur ?

— Rien ! Adieu, Samuel... Veille sur mon trésor... et si j'ai encore besoin de toi...

— Ordonne, j'obéirai !

— Même s'il s'agissait de choses plus graves....

— Commande, Sarah ! Tu es la tête qui ordonne, je suis le bras qui obéit ! J'ai juré, il y a vingt ans de vivre pour me venger... et je vis dans ce seul espoir !

— Et moi aussi, j'ai juré... et tu le vois... ma vengeance est aveugle ! Pendant quinze ans, j'ai attendu, Samuel ! Pendant quinze ans, j'ai rongé mon frein en silence... aujourd'hui, l'heure d'agir a sonné... et j'agis ! Adieu.

Et Sarah sortit de la boutique du cordonnier Samuel.

Une heure après, elle rentrait par le corridor mystérieux dans sa chambre de la rue de Varennes.

Le lendemain, vers les deux heures de l'après-midi, vêtue en grand deuil, deuil qui rehaussait son élégance naturelle, avec encore plus d'éclat, la comtesse d'Etiolles se faisait conduire au palais de justice, et demandait le juge chargé de l'instruction du crime de la rue de Varennes.

A la sortie de son hôtel, Sarah n'avait pas remarqué, tant son esprit était plongé dans le souvenir de l'entretien qu'elle avait eu avec son frère, qu'un homme l'avait fixée étrangement...

La comtesse fut immédiatement introduite dans le cabinet de Me Bouvery.

A la vue de cette femme, dont la beauté était encore plus majestueuse à travers le long voile qui cachait discrètement son visage, le juge ne put s'empêcher de tressaillir.

Comme tout le monde, le juge avait entendu parler de la belle Sarah ; sa remarquable prestance était connue du Tout-Paris mondain et oisif, et cette renommée de grâce et de beauté avait traversé depuis longtemps déjà les murs froids et sévères du palais de l'austère Thémis.

Et entre cette femme, dont le mariage avec le comte d'Etiolles avait provoqué, il y avait quelques dix ans, une émotion profonde dans tout le faubourg Saint-Germain, qui était là devant lui et celle qu'il avait vue éplorée au chevet de son mari assassiné, celle qu'il avait interrogée à maintes reprises dans le petit salon bleu de la rue de Varennes, la différence était grande !

Sous ces vêtements noirs, Sarah ne paraissait pas avoir trente ans ; son teint mat semblait pétri de roses et de lys ; ses grands yeux bleus, cernés de bistre, étaient troublants et sa tête, aux traits expressifs, auréolée d'une lourde chevelure blonde, à la fois douce et captivante, imposait le respect et l'admiration...

La comtesse d'Etiolles prit le siège que lui offrit le juge.

— Cher maître, dit-elle d'une voix empreinte d'une profonde tristesse, ma visite doit vous surprendre... et pourtant elle est naturelle ! Depuis bientôt trois semaines, je suis sans nouvelles... et c'est ici que je viens les chercher !

Le juge, qui se tenait debout devant la veuve, s'inclina.

— Je comprends votre angoisse, madame ! dit-il ; mais, hélas, pas plus que vous-même, je ne connais ce que vous venez me demander !

— Rien... toujours rien !

— Absolument rien, madame la comtesse ! Le meurtre de celui qui vous est si cher a été commis d'une façon magistrale, passez-moi cette expression... et l'assassin n'a laissé aucune trace de son triste passage rue de Varennes !

— Mais c'est impossible, cher maître ! Un homme comme mon mari ne peut être assassiné sans que...

— Croyez-moi, madame... tout a été tenté, tout a été fait et la Justice n'est pas plus avancée aujourd'hui qu'elle ne l'était il y a trois semaines ! L'assassin du comte d'Etiolles est introuvable !

Des larmes brillèrent aux paupières de Sarah...

— Espérez-vous, du moins, parvenir un jour à le démasquer ?

— Hélas, je ne puis rien vous promettre, madame... le hasard est souvent le seul auxiliaire de la justice... et jusqu'à présent le hasard est resté muet et aveugle !

— Mais c'est horrible, monsieur ! Comment... en plein Paris, on assassine un gentilhomme et la police ne peut arriver à découvrir son meurtrier !

Sans répondre, le juge s'inclina de nouveau...

Il se fit un silence.

FIN DU TOME SECOND

Grande Imprimerie de Troyes, 126, rue Thiers

ROMANS DIVERS

Stephen Lemonnier. — A travers le Bonheur........ 1 vol.
Ch. de Bernard. — La Chasse aux Amants........... 1 vol.
— Le Gendre...................... 1 vol.
— Une Aventure de Magistrat....... 1 vol.
— Le Vieillard Amoureux.......... 1 vol.
— L'Homme de 50 ans.............. 1 vol.
— La Femme de 40 ans............. 1 vol.
Vincent Huet. — La Vierge des Beni-Amer.......... 1 vol.
Maxime Audouin. — Le Fiacre Sanglant............. 2 vol.
Millanvoye et Etiévant. — La Belle Espionne....... 2 vol.
H. Le Verdier. — La faute d'Aimée................. 2 vol.
Paul Vernier. — Stepann le Nihiliste.............. 1 vol.
— La Vengeance du Bâtard........... 2 vol.
H. Buffenoir. — Le Député Ronquerolles........... 1 vol.
Dujarric et B. Guyot. — Amours de Prince.......... 2 vol.
Louis de Vaultier. — M'Amour..................... 2 vol.
H. Le Verdier. — L'Enjôleuse...................... 1 vol.
Th. Cahu. — Le Roman d'une Grande Dame............ 2 vol.
— La Maîtresse du Notaire.................. 2 vol.
— Madame et Monsieur....................... 2 vol.
D. Riche. — L'Article 340........................ 2 vol.
J. Montet. — L'Amour tragique..................... 1 vol.
H. Buffenoir. — Le Roman de Sœur Marie........... 1 vol.
G. Cane. — Le Crime de Clamart.................... 1 vol.
F. Lafargue. — Luttes d'Amour..................... 2 vol.
E. Ducret. — Chignon d'Or......................... 2 vol.
P. Grendel. — Le Roman d'une Fille du Peuple....... 1 vol.
— Le Roman d'une Libre-Penseuse....... 1 vol.
A. Dubuc. — Le Crime du Cours Saint-Vincent........ 2 vol.
Chincholle. — Le Crime du Garçon Coiffeur......... 2 vol.

Chez tous les libraires : **0 fr. 20.** — Franco-poste : **0 fr. 25**

ALGÉRIE, COLONIES ET ÉTRANGER : **25** CENTIMES (Port en plus)

www.ingramcontent.com/pod-product-compliance
Ingram Content Group UK Ltd.
Pitfield, Milton Keynes, MK11 3LW, UK
UKHW021107220726
13924UKWH00004B/1560